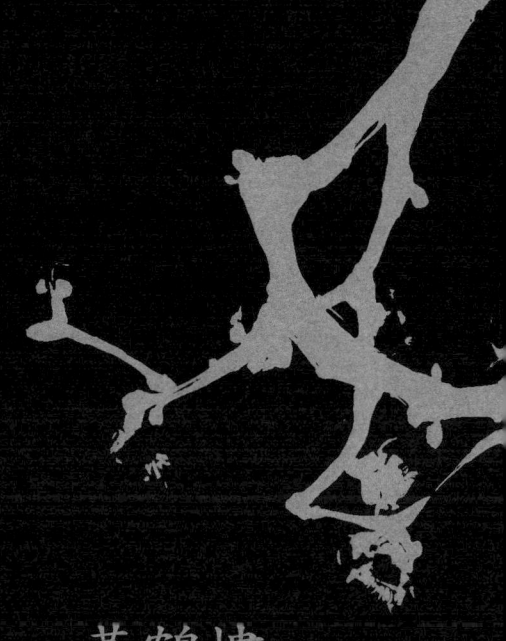

黄鶴樓 황학루

옛사람 이미 황학을 타고 훌쩍 떠나니,	昔人已乘黃鶴去
이곳에는 덩그러니 황학만 남아 있다.	此地空餘黃鶴樓
황학은 한 번 가 다시 돌아오지 아니하고,	黃鶴一去不復返
흰 구름만 천 년 동안 하릴없이 떠돈다.	白雲千載空悠悠
맑은 날 강 건너 한양 나무들 또렷한데,	晴川歷力漢陽樹
싱그러운 풀밭은 앵무새 섬을 덮고 있다.	芳草萋萋鸚鵡洲
해가 저무는데 우리 고향 어디쯤 있을까.	日暮鄉關何處是
물안개 강 위에 피어올라 나는 시름겹다.	烟波江上使人愁

화산지에

김광수 新무협 장편 소설
FANTASTIC ORIENTAL HEROES

화산지애 9

김광수 新무협 장편 소설

초판 1쇄 찍은 날 § 2008년 1월 15일
초판 1쇄 펴낸 날 § 2008년 1월 25일

지은이 § 김광수
펴낸이 § 서경석

편집장 § 문혜영
편집책임 § 최하나
편집 § 이환진

펴낸곳 § 도서출판 청어람
등록번호 § 제1081-1-89호
등록일자 § 1999. 5. 31
어람번호 § 제2-1401호

주소 § 경기도 부천시 원미구 심곡1동 350-1 남성B/D 3F (우) 420-011
전화 § 032-656-4452 팩스 § 032-656-4453
http://www.chungeoram.com
E-mail § eoram99@chollian.net

ISBN 978-89-251-1142-1 04810
ISBN 978-89-251-0848-3 (세트)

화산지에

[완결]

9

김광수 新무협 장편 소설

FANTASTIC ORIENTAL HEROES

도서출판 책람

第八十八章 시작되는 피바람

화산지애

무림맹 분열.

청천벽력이란 이 말을 의미하는 것이리라.

신교의 발호를 막아내고 무림공적 화운룡의 일까지 잘 마무리한 무림맹.

신교 발호 후 삼 개월 만에 무림맹은 구파가 중심이 된 구의련과 오대세가를 중심으로 한 몇몇 세가가 뭉친 정천맹으로 갈라져 버렸다.

수백 년 동안 농축된 구파와 오대세가 간의 알력이 하나의 사건으로 폭발해 버린 것이다.

그것은 바로 화산파가 남긴 고깃덩어리의 분배.

봉문을 선언하고 모든 진산제자들을 본산으로 불러들인 화산파.

졸지에 천애고아가 된 속가제자들은 전전긍긍하며 제각기 살길을 찾아야 했다.

무력이 곧 법인 무림.

대화산파라는 보호 아래 영업을 하던 모든 화산파 관할 상권들이 된서리를 맞게 된 것이다.

그리고 시작된 구파와 오대세가의 갈등.

신교 발호로 인하여 상당한 피해를 입었던 대문파들은 화산파 속가제자들의 사업을 자기 문파로 끌어들이기 위하여 암투를 벌였고, 치열하게 전개되던 암투 속에 구파와 세가의 제자들이 부딪쳐 칼부림에 이르게 되었다.

그에 분노한 무림맹주 독고유천이 전격적으로 무림맹 해산을 선언하였다.

검황의 후계자로 이번 신교 발호 때 가공할 무공을 바탕으로 신장천왕이라는 명호를 얻게 된 독고유천의 분노.

그의 해산 선언에 기다렸다는 듯이 얼씨구나 하고 구파와 오대세가는 갈라서 버렸다.

어차피 신교의 교주인 마황 구천마검이 나서지 못하는 상황. 어둠 속에서 숨어 사는 혈무궁 따위는 모두들 안중에 두지 않았다.

그리하여 구파는 무림맹 지부 중 가장 큰 낙양에, 오대세가는 현 무림맹에 투자한 자금의 칠 할이 자신들의 것이라 주장하며 무한의 무림맹을 점령해 버렸다.

물론 그 와중에 구파의 불만이 없는 것은 아니었지만, 침묵을 고수하는 소림과 봉문한 화산파가 없는 마당에 무당과 몇몇 문파만으로는 세가의 힘을 감당할 수 없었다.

그렇게 가을에서 겨울로 접어드는 강호 무림.

저마다 구파와 오대세가를 지지하는 문파들이 어느 정도 정리되어 가는 순간, 새로운 폭풍이 불어오기 시작하였다.

이날을 위하여 백 년의 세월을 참아온 지독한 폭풍의 힘.

세상 모든 것을 날릴 준비를 마치고 활짝 날개를 펴고 있었다.

"하하하하하하!"

"하하하. 수고하셨습니다, 총군사님."

"수고라니요. 우리가 남입니까."

무림맹의 대회의장.

의사청에 모인 오대세가의 가주들과 중요 장로들이 박장대소를 터뜨렸다.

입에 가시 같은 구파를 몰아내고 차지한 거대한 무림맹.

다들 믿기지 않는 행복에 입이 찢어질 지경이었다.

"이제 구의련이 있는 강북과 정천맹이 있는 강남으로 세력이 완벽하게 나뉘게 되었습니다. 본래부터 구파는 산서와 하북, 그리고 섬서에서 활동하던 존재들이었습니다. 그에 반하여 우리 오대세가는 복건과 호남, 절강을 비롯한 안휘와 강소, 호북과 하남을 아우르는 넓은 지역을 소유하고 있었습니다. 다행히 오늘을 기점으로 본래대로 돌아오게 되었습니다. 이 모든 것이 다 제갈세가의 공입니다."

오대세가의 가주들 중에서 수장 노릇을 맡고 있는 남궁세가의 가주 창궁벽섬 남궁무용이 제갈담운에게 다시 한 번 공치사를 하였다.

"그렇습니다. 이 모든 것은 제갈세가와 총군사의 공입니다."

"맞고말고요. 총군사가 아니었다면 오늘의 저희들도 없었을 것입니다."

모용세가의 가주인 모용연우와 황보세가의 가주인 황보왕성이 고개를 끄덕이며 칭찬을 늦추지 않았다.

"앞으로도 잘 부탁드립니다, 총군사님."

하북팽가의 가주인 팽만극도 커다란 덩치에 어울리지 않게 아부를 하였다.

"이거, 오늘 얼굴에 금칠을 하는 날인 것 같습니다. 다들 같은 세가들끼리 잘 살아보자고 계획했던 일입니다. 우리가 어디 구파와 같은 남입니까."

구파와 달리 서로 간의 정략결혼을 통하여 대부분이 혈연으로 연결되어 있는 오대세가와 당문의 일문.

"그렇지요. 구파와 달리 우리 오대세가는 끈끈한 혈연으로 뭉쳐져 있습지요. 그렇지 않습니까, 남궁가주님?"

새로이 당문의 문주로 선출된 당혁수가 남궁무용을 은근한 눈길로 바라보았다.

자신의 자식인 당정명을 위하여 남궁무용의 외동딸인 남궁미연에게 청혼을 해놓은 상황이었다.

"그, 그렇지요. 우리가 어디 남입니까. 하하하!"

당혁수의 눈빛에 잠시 당황한 남궁무용.

마음 같아서는 딸을 당문에 시집보내고 싶었다.

그러나 외동딸인 남궁미연은 무림에 환멸이 난다며 세가에서 나오지를 않고 있었다.

부인을 통하여 알아본 바에 의하면 은근히 신룡검왕 화운룡을 마음에 두고 있었던 것 같았다.

"자자! 어서 잔을 듭시다. 내일 있을 개맹식이 무사히 끝나기를 기원하면서 말입니다."

기분이 좋은 모용연우가 잔을 높이 들었다.

모든 준비가 끝나고, 내일 정식으로 전 무림 동도들에게 정천맹의 개맹식을 선언할 것이었다.

넓어진 세력을 다스리기 위해서는 많은 무인들이 필요하였고, 각 세가의 고수들만으로는 다스릴 수가 없었다.

그리하여 개맹식과 더불어 펼쳐지는 비무대회.

이미 성 밖에는 수만 명의 무림인들이 벌 떼처럼 몰려들어 있었다.

"하하. 그럽시다. 이렇게 좋은 날 어찌 술이 빠질 수가 있겠습니다."

남궁무용도 잔을 들었다.

그러자 나머지 가주들도 만면에 웃음을 띠며 잔을 높이 들었다.

앞으로 세가에 떨어질 수많은 이권들을 생각하면 술 한 동이를 마셔도 시원치 않을 판이었다.

'흐흐흐. 그래, 지금 실컷 마시거라. 내일부터 악몽이 시작될 것이니……'

잔을 들면서 속으로 비웃음을 터뜨리는 제갈담운.

모든 준비가 완벽하게 끝이 났다.

내일 비무대회가 펼쳐지는 순간, 오대세가는 길고 긴 악몽에 빠져들 것이었다.

혈무궁과 합쳐진 사사혈궁의 정예들.

내일 그들 또한 성대하게 세상에 모습을 나타낼 것이었다.

"허어, 만법귀일(萬法歸一)이라 하더니 그 말이 사실이었군."

거침없이 터져 나오는 나의 무학 이론에 검황은 허공에서 가부좌를 틀고 입맛을 다셨다.

끊어진 사지근육과 파괴된 혈도를 복원하는 데 상당한 시간이 흘렀다.

해가 들지 않기에 날이 어찌 가는지 몰랐지만 상당한 기간임에는 분명했다.

그리고 시작된 검황의 가르침.

오늘을 끝으로 더 이상 가르침받을 것이 없었다.

검황이 깨달은 경지가 내가 깨닫지 못하고 있던 군림무연심공에 모두 수록되어져 있었던 것이다.

"검황의 가르침에 진심으로 감사드리는 바입니다."

벽에 부딪쳐 있던 군림무연심공.

이번에도 모두 잃고서야 새로운 하늘에 눈을 뜰 수 있었다.

천상천.

하늘 위의 하늘처럼 벽을 깨부수고 나면 새로운 벽이 나타났다.

그리고 오늘, 검황이 이룬 깨달음에 근접할 수 있었다.

"천지합(天地合)이 곧 심즉검(心卽劍)이라. 내가 이 구결을 깨닫기 위하여 수십 년을 피나는 노력을 했건만, 네놈은 너무 쉽게 이루는구먼."

천지합이 곧 심즉검이라.

말은 정말 쉬웠다.

그러나 쉬운 말을 현상으로 만들어내는 것은 하늘과 땅 차이.

드디어 천지합일의 기운으로 진정한 심어검을 펼칠 수 있는 경지에 도달했다.

하지만 검황의 말처럼 쉽게 이룬 것은 아니었다.

두 번의 생사고비를 지나고서야 터득한 심어검.

내 피와 뼈를 깎아 만든 인내의 검이었다.

"이제 나가면 뭐 할 거냐?"

십 년 동안 세상에 나가지 못하여 조금은 괴팍하게 변한 검황 유문혁.

소문에 듣기로 광명정대한 성품에 실수를 모르는 완벽한 사람이라고 하였다.

그러나 지금 내 앞에 있는 검황은 시커먼 코딱지를 손가락으로 파내며 가공할 내공을 바탕으로 허공에 붕붕 날아다니는 성격 까칠한 노인네에 불과했다.

나이 먹으면 애가 된다고 하더니, 딱 그 짝이었다.

"딱 당한 만큼의 열 배만 돌려줄 작정입니다."

"그래! 딱 열 배만 돌려줘라. 그리고 올 때 내가 부탁한 물건들을 꼭 잊지 말고 가져와야 한다. 먹고 안 죽을 만큼의 질떨어지는 벽곡단하고 말이야."

"알겠습니다. 그 물건(?)들을 반드시 데려다 드리겠습니다."

검황과 약속하였다.

검황을 배신한 두 물건을 산체로 배달해 드리기로 말이다.

"그런데 정녕 나가시지 않겠습니까?"

"싫어. 여기서 그냥 살다 죽을래. 어차피 해볼 거 다 해봤다. 마음 붙이면 그곳이 고향이고 집이라 하였다. 이곳이 이제는 나의 고향이자 집이다."

고집을 부리는 검황.

그러나 그 심정을 알 만하였다.

한때 천하제일인으로까지 추앙받던 정파의 대협객.

제자에게 배신당하고 병신이 된 모습으로 세상에 나가기 싫었던 것이다.

그렇기에 내공을 회복하고도 제갈담운을 죽이지 않았던 것이다.

쪽팔려서, 그리고 귀찮아서 말이다.

"잘 가라. 그리고 다음에 올 때는 독한 화홍주 좀 부탁한다. 다른 것은 다 참겠는데 독이 담긴 화홍주 맛은 잊을 수가 없구나."

살짝 맛이 간 검황.

자신을 이리 만든 독주가 먹고 싶다 하였다.

'만독불침을 이룬 것이야.'

달리 생각할 것이 없었다.

"그럼 먼저 나가겠습니다. 편히 쉬십시오."

"그랴~! 멀리 안 나간다."

악취를 풍기는 자신만의 공간을 사랑하는 검황 유문혁.

고개를 숙여 감사함을 전하였다.

그리고 천천히 암동을 걸어 올라갔다.

이깟 돌 덩어리로 나를 막을 수는 없었다.

'기다려라! 제갈세가! 모조리 씨를 말려 버리겠다!'

제갈세가 말고도 탐욕에 눈이 멀어 화산파와 나를 이리 만
든 자들.

뼈를 발라 잘근잘근 씹어먹을 것이었다.

차라리 지옥이 편하다고 느끼도록 말이다.

'잊었다 생각했건만……'

사라져 가는 화운룡의 뒷모습을 바라보며 검황 유문혁은
씁쓸한 마음을 지울 수가 없었다.

처음에는 자신을 이리 만든 제자와 제갈세가를 갈아 마시

기 위하여 무공을 회복하려 하였다.

평생 중원 무림을 위하여 살아왔던 검황 유문혁.

칠백 년 전 천하제일인이라 불렸던 검선 왕유백의 진전을 우연히 얻어 무림에 출도하였다.

그리고 신교를 물리치고 무림을 구했다.

이에 무림인들이 그를 검황이라 부르며 신처럼 모셨다.

그러나 모든 것이 부담스럽기만 한 검황 유문혁.

그러던 어느 날 한 아이를 만났다.

아직 죽을 날이 멀기에 제자를 두지 않고 있던 검황의 눈에 쏙 들어온 한 아이.

그 아이를 제자로 맞이하여 금이야 옥이야 가르쳤다.

하나를 가르치면 서너 개를 아는 기특한 제자에게 푹 빠져 버린 것이다.

그렇게 제자를 키우던 어느 날, 무림에 알려진 자신의 모든 무공을 전수받은 제자가 독주를 올리더니 비틀거리는 검황의 단전에 독비수를 꽂았다.

물론 가공할 무위 덕분에 죽지 않았지만, 차라리 죽음이 좋았을 십 년이 넘는 세월 동안 천뢰동에 갇혀야만 했다.

그리고 몇 달에 한 번씩 찾아와 더 무공을 내놓으라 협박하는 제갈담운과의 길고 긴 악연이 시작되었다.

제갈세가의 백년대계를 비롯하여 백 년 동안 제갈세가가

저지른 수많은 악행들.

제갈담운은 검황에게 모든 것을 털어놓으며 그를 괴롭혔다.

검황이 무공을 회복할 때까지 살 수 있었던 것도 제갈담운이 자신의 비밀을 알려주는 재미에 그랬던 것이다.

그러던 어느 날 회복한 무공.

복수도 무의미하다는 것을 깨닫는 순간, 거짓말처럼 내공을 회복했던 것이다.

비어버리자 차버린 내공.

허탈하였다.

이미 마음속에서 지워 버린 제갈세가를 비롯한 세상의 모든 것.

그러나 자신의 신세처럼 전락한 화운룡을 만나고 마음을 바꿔먹었다.

더 이상 복수를 잊었다 하여 악인을 내버려 둔다면, 그것이 바로 큰 죄라는 것을 말이다.

'아이야, 부디 살성은 되지 말거라. 마음의 분노 또한 하룻밤 꿈과 같느니라.'

차마 화운룡에게 말하지 못한 마음.

그러나 검황 유문혁은 알고 있었다.

본래 마음이 선한 자는 아무리 악인이 되려 해도 될 수 없다는 것을 말이다.

단지 악처럼 보이는 선을 화운룡이 펼칠 것이라 믿었다.

"휴우……."

길게 숨을 들이켠 검황.

다시 자리에 가부좌를 틀고 앉았다.

그리고 천천히 자신을 잊고 세상을 잊어갔다.

곧 이 세상과의 이별도 멀지 않았다는 것을 알고 있었다.

하룻밤 꿈같고 아침의 이슬 같은 풍진강호.

이제는 안녕이었다.

둥! 둥! 둥!

"와아아아아!"

"드디어 시작된다!"

언제나 사건을 좋아하는 무림인들.

폭풍처럼 일던 무림맹 분열의 충격은 잊은 지 오래였다.

어차피 주먹이 법인 강호.

힘센 자들의 규율에 모두들 익숙하였다.

아니, 어차피 그 밥에 그 나물 같은 놈들이었기에 애써 외면을 하는 것이었다.

척척척!

무림맹의 환호를 받으며 승전장의 넓은 뜰로 들어서는 오대세가의 가주와 세가의 고수들.

그리고 그들을 호위하는 수백 명의 오대세가와 일문의 세가원들.

위풍도 당당하게 모습을 드러냈다.

강남 무림의 패자로 등극하는 그들.

얼굴빛에 자신감과 함께 오연함이 가득 묻어났다.

휘이이익.

오 장이 넘는 거대한 단 위에 올라서는 여섯 그림자.

오대세가의 가주와 당문의 문주였다.

"와아아아아! 정천맹의 공동맹주님들이시다!"

무림인들의 함성.

그러했다.

무림맹처럼 일인 맹주체제가 아닌 공동 맹주체제를 통하여 오대세가는 끈끈한 우위를 과시하였다.

"이렇게 바쁘신 와중에도 정천맹의 개맹식에 참가해 주신 여러 무림 동도들께 진심으로 감사함을 표하는 바입니다."

남궁세가의 가주 남궁무용이 만면에 웃음을 지으며 포권을 깊숙이 취하였다.

"정천맹의 개맹을 축하합니다!"

"무궁한 발전이 있기를 기원합니다!"

기다렸다는 듯이 무림인들이 축하의 인사를 건네었다.

구파와 달리 오대세가가 무림인들에게 더 신망이 있었다.

이런 날이 올 줄 알았는지 언제나 오만한 구파의 제자들과 달리 몸조심을 한 오대세가의 무인들.

오늘 무림인들이 구름처럼 모여든 데 다 그만한 이유가 있었다.

"하하하. 감사합니다, 감사합니다."

남궁무용을 비롯한 오대세가와 당문의 문주는 사방을 향하여 포권을 올리기에 바빴다.

이대로만 가면 개맹식이 성대하게 끝날 것은 말할 것도 없었다.

"그럼 바로 정천맹을 이끌어주실 영웅들을 모시기 위한 비무대회를 시작하겠습니다. 모쪼록 많은 분들이 참가하시어 앞으로의 무림을 이끌어갈 주인공들이 되시기를 바라겠습니다."

말도 안 되는 감언이설이었다.

기껏해야 오대세가와 일문의 사냥개가 될 자를 뽑는 비무대회.

"와아! 비무대회가 시작되었다!"

"이날을 기다렸소이다!"

하지만 무림인들은 환호성을 질렀다.

어차피 무림인들도 먹고살아야 하는 것.

더 큰 세력에 몸을 의탁하여 일신의 영달과 명예를 꿈꾸는 것은 당연한 일이었다.

더욱이 오늘 비무대회에서 백위 안에만 입선하면 정천맹을 이끌 정천풍운단의 주인공이 될 수 있었다.

한 달 녹봉이 무려 금화 세 냥에 이르고, 오대세가원들과 똑같이 오대세가의 무공을 수련할 기회까지 준다 하였다.

배고픈 무인들에게는 꿈 같은 달콤한 유혹.

열광하지 않을 수 없었다.

"비무대회의 방식은 간단합니다. 일 갑자 이상의 내공을 증명하신 영웅께서 단상에 올라 단 한 사람의 비무자를 상대하여 승리한다면 정천풍운단에 들 수 있습니다."

이런 분위기에 익숙한 제갈담운이 비무 방식을 설명하였다.

그리고 이미 일 갑자의 내공을 증명한 수백 명의 무인들이 대기하고 있었다.

"물론 내공을 아직 이루지 못한 분들에게도 문호를 널리 개방하여 천여 명의 무인들을 받아들일 것입니다. 저희와 함께 무림을 경영하실 뜻이 있는 많은 동도들의 지원을 바라겠습니다."

달콤한 제갈담운의 이야기.

무림 경영이라는 말에 무림인들의 눈동자가 화등잔만 하

게 커졌다.

　말이 무림 경영이지, 오대세가 무인들을 보조하는 최하급의 무인들을 선발하는 것이었다.

　하지만 신교의 발호로 갈 곳 없어진 무인들은 모두 침을 삼켰다.

　둥둥둥! 둥둥둥!

　제갈담운의 말이 끝나고 남궁무용의 손이 올라가자 사람의 심장을 거칠게 뛰게 만드는 북소리가 요란하게 승전장에 울려 퍼져 갔다.

　'후후후…….'

　어느새 가을에서 겨울로 넘어가는 계절로 바뀌어 있었다.

　참으로 빠른 것이 세월이었다.

　그리고 밖으로 나오자마자 듣게 된 무림맹의 분열과 정천맹의 개맹식.

　검황 덕분에 아홉 번의 환골탈태를 할 수 있었다.

　그렇기에 과거의 내 모습과는 많이 달랐다.

　그래도 혹시나 아는 이들이 있을까 싶어 축골공을 펼쳐 냉막한 인상의 청년으로 얼굴을 바꿨다.

　'제갈담운, 아직도 가면을 벗지 않았구나.'

　지금의 무림맹 분열도 다 제갈세가와 제갈담운의 머리에

서 나왔을 것이다.

하지만 아직 꼬리를 드러내지 않은 제갈세가와 사사혈궁.

팔짱을 끼고 하는 짓거리들을 구경하였다.

휘이익.

비무대회가 시작이 되었고, 커다란 체구에 무식한 거치도를 든 남자가 날렵한 신법으로 비무장에 올라섰다.

"호풍도 단월이다!"

"첫판부터 강자가 나서는구면!"

무림인들에게 제법 알려져 있는 듯 호풍도 단월이라는 자를 알아보는 이들이 많았다.

"호풍도 단월이외다. 한 수 받으실 분은 어서 올라오시오!"

오만하게 포권도 취하지 않고 무림인들을 향해 큰 소리를 내는 호풍도 단월.

소리만큼 제법 실력이 있어 보였다.

"흐흐흐흐흐흐흐……."

그때 갑자기 싸늘한 조소가 사방에서 울렸다.

"뭐, 뭐야!"

"누구야!"

등골이 오싹해지는 호곡성의 웃음소리.

무림인들이 사방을 훑어보며 호곡성의 주인공을 찾았다.

"어떤 새끼가 이 호풍도 단월님의 비무를 방해하느냐!"

비무장에 서 있던 호풍도 단월이 거치도를 빼어 들고 눈을 부라렸다.

쇄애애애애애애애액—

그 순간 바람을 찢어발기는 무식한 소리가 울렸다.

"헉!"

놀란 호풍도.

자신을 향해 날아오는 암기를 육십 근 거치도를 들어 올려 힘껏 막았다.

챙!

퍼어억!

"크아아아아아악!"

하지만 그 일수는 호풍도 단월이 세상에서 마지막으로 한 행동이었다.

날아간 암기는 호풍도의 거치도를 튕겨 버린 후 호풍도의 심장을 꿰뚫고는 청강석 바닥에 깊숙이 꽂혀 있었다.

"으아아아아!"

"살인이다!"

놀란 무림인들의 비명.

"웬 놈들이냐!"

"가주님을 보호하라!"

오대세가의 가주를 보호하기 위하여 비무장으로 몸을 날

리는 이십여 명의 고수들.

파라라라락.

그들이 비무장에 착지하는 순간, 갑자기 흑포를 펄럭이며 다섯 명의 괴인이 비무장에 착지하였다.

'황금 가면?'

특이하게 나비 문양의 황금 가면을 쓴 자들.

"흐억! 사, 사사혈궁의 금황호접대!"

"으아아! 사사혈궁의 귀명첩이다!"

황금 나비 가면을 쓴 이들과 바닥에 펄럭이는 아무 모양 없는 검은 깃발에 죽어라 비명을 터뜨리는 무림인들.

온몸을 덜덜 떨며 공포를 표출하였다.

삼백 년 전에 전 무림인의 씨를 말리려 했던 사사혈궁!

아직도 그때의 공포가 남아 있었다.

"크하하하! 본 사자들과 귀명첩을 보고도 머리를 숙이지 않다니, 세상 많이 좋아졌구나!"

귀명호접대의 가장 앞에 서 있던 가면의 괴인이 광소를 터뜨렸다.

"사사…… 혈궁!"

망연자실한 표정의 정천맹의 공동 맹주들.

'푸하하하!'

절로 웃음이 터져 나왔다.

세상 무서울 것 없이 설치던 자들이 자신들보다 강한 놈들이 나타나자 사색으로 물든 표정.

이것이 바로 세상이었다.

다만 그중에서도 다른 가주들의 등에 숨어 표정이 없는 제갈담운.

마음 같아서는 당장에 패죽이고 싶었지만 아직 아니었다.

개도 못 먹을 벽곡단을 아직 구하지 못하였기에.

"쳐라!"

가주를 보호하는 오대세가의 호위대들이 몸을 날렸다.

"크하하하!"

순간 세상에 울리는 광소.

퍼버버버버벅!

"크아아아악!"

"켁!"

그것이 끝이었다.

순식간에 달려드는 이십여 명의 모가지를 손으로 잡아 빼 버리는 사사혈궁의 금황호접대.

투두두둑.

비무장에 뿌려지는 생생한 모가지들.

목뼈까지 뽑아져 나뒹구는 몸통의 주인들은 고통으로 일그러진 채 눈을 부릅뜨고 있었다.

순식간에 벌어진 일이었기에 아직 생명을 잃지 않았던 것이다.

쿠구궁.

그러나 몸통이 쓰러짐과 동시에 허연 뇌수를 핏물과 함께 흘리며 모가지의 움직임이 멈췄다.

'제법이군.'

절정 급의 무인들.

결코 오대세가의 일반 무인들로는 상대할 수 없었다.

"크하하하하! 오늘부터 이곳 정천맹은 사사혈궁의 본궁으로 사용할 것이다!"

수만 명의 무인들 앞에서 당당히 소리치는 금황호접대의 사자.

차좌좌좌좌좌좍.

"크아아악!"

"사사혈궁 놈들이다!"

비무를 구경하기 위하여 앉아 있던 무림인들 사이에서 갑자기 피보라가 일어났다.

사사혈궁의 무인들이 어느새 무인들 틈에 잠복해 있었던 것이다.

땡! 땡! 땡!

그뿐만 아니라 갑자기 외성 망루에서 울리는 급박한 종소리.

적이 쳐들어왔음을 알렸다.

쉬이이익—

그때 나를 향해 검을 날려오는 한 놈.

'강시?'

살아 있는 일반 무인들과 똑같은 모습이었지만 생기가 느껴지지 않았다.

전설로만 내려오던 생강시가 분명하였다.

탕!

손으로 놈의 검을 가볍게 튕겨내었다.

아무리 놈이 강시들의 제왕이라는 생강시라 하더라도 나에게는 그저 하나의 물건일 뿐이었다.

퍼버벅!

"크아아악!"

"살려줘!"

"도망쳐라!"

하지만 나와는 달리 생강시들의 무식한 검질에 속절없이 당할 수밖에 없는 무인들이 비명을 지르며 사방으로 도망치기 시작했다.

"막아라! 놈들을 막아라!"

"검황창천대는 놈들을 죽여라!"

"무적도황대는 무림인들을 보호하라!"

아직 상황 파악을 하지 못한 오대세가의 가주들이 자신들의 주력을 투입하였다.

"죽여라!"

잊혀져 가는 삼백 년 전의 무림 최강 집단.

그들을 향해 날아가는 오대세가의 무인들.

차자자자장.

퍼버버벅.

"크아아악!"

그것이 그들의 마지막이었다.

힐끔 보이는 잔인한 광경.

일체의 자비라는 것을 모르는 사사혈궁의 무인들은 가장 잔혹하고 역겨운 방법으로 무림인들을 염라대왕 앞으로 보내 버렸다.

그러나 마음에서 아무런 감정이 일어나지 않았다.

불과 얼마 전까지만 하여도 힘없는 이들의 죽음을 안타까워했지만, 이제는 그런 마음이 남아 있지 않았다.

"크르르!"

움직임과는 달리 생강시답게 뾰족한 송곳니를 드러내며 나를 노려보는 생강시.

씨익.

미소를 지었다.

그리고 오른손이 놈의 심장을 가리켰다.

퍼걱.

순간 놈의 구멍 뚫린 심장 너머로 보이는 세상.

금강불괴지신을 이룬 놈의 육신.

쿵.

머리통만 한 심장 하나 뚫렸다고 생강시는 그대로 자리에 누워 버렸다.

눕는 순간 시커먼 악취가 풍기는 썩은 피를 줄줄 흘리면서.

'제갈담운, 기다려 주마. 가장 높이 날 때, 그때 너를 찾아 가마.'

아직은 나를 드러낼 때가 아니었다.

"후, 후퇴하라!"

"모두 도망쳐라!"

이제야 상황 판단을 제대로 한 정천맹의 맹주들.

비명을 지르며 몸을 날렸다.

그리고 나도 살기 위하여 몸을 날리는 무림인들 사이에 섞여 자리를 박찼다.

꼬리를 드러내기 시작한 제갈세가.

이제 놈들과의 진정한 한판 승부가 시작되려 하였다.

"구유혈천강시가 파괴되었다고!"

"그렇습니다. 심장이 꿰뚫려 즉사하였습니다."

강시들의 제왕인 생강시.

그중에서도 구유혈천강시는 모든 생강시들 중 최고의 걸작품이었다.

온몸이 금강불괴지신을 이루고, 살아생전의 무공을 대부분 펼칠 수 있는 삼 갑자 이상의 절정 무인들로 만들어졌다.

그런 구유혈천강시의 유일한 약점은 심장.

누군가 금강불괴지신인 구유혈천강시의 약점인 심장을 가루로 만들어 버렸다.

"죽인 놈을 찾았나?"

제갈담운이 눈빛을 빛내었다.

"찾지 못했습니다. 혼전의 와중에 깔끔하게 당한지라……."

제갈담운의 말에 사사혈궁 금황호접대의 사자라는 자가 말끝을 흐렸다.

사사혈궁의 이름과 무공을 빌리고 있지만, 엄밀히 말하면 제갈세가의 수족에 불과하였다.

백 년 동안 천하의 고아들을 모아 키워낸 제갈세가의 늑대들이었던 것이다.

"음……. 일장에 죽였다. 그것도 구유혈천강시가 자신의 실력을 다 펼치기도 전에……."

사사혈궁의 파격적인 공세에 혼비백산하여 정천맹의 맹주들은 꼬리를 말고 도망을 쳤다.

처음부터 강렬한 인상을 심어주기 위하여 사사혈궁의 정예들과 구유혈천강시를 동원한 계략.

모든 것이 완벽하였다.

머릿속에서 영원히 지워지지 않을 잔혹한 방법으로 살인을 하였고, 정파 무림의 기둥으로 우뚝 서려던 정천맹을 박살내버렸다.

그런데 단 하나.

천하에 죽일 자가 드문 구유혈천강시가 소리도 없이 파괴되어 버린 것이다.

'찝찝하군. 어떤 놈이 구유혈천강시를 죽였단 말인가……'

거의 다 완성되어 가는 백년대계.

제갈담운의 머릿속에 처음으로 불길함이 스쳐 지나갔다.

"최대한 빨리 그놈을 찾아라!"

"존명!"

제갈담운의 명에 존명을 외치는 금황호접대의 사자.

"이제는 멈출 수 없다. 이미 피바람은 불기 시작했다. 결코 그 누구도 막을 수 없는 대폭풍이! 크하하하하!"

불길한 마음을 지워 버리기라도 하듯 광소를 터뜨리는 제갈담운.

불과 얼마 전까지 보이던 학자의 맑은 눈빛은 사라지고, 대신 광기과 마기로 뒤덮여 있는 사악한 눈동자가 빛을 뿜어내고 있었다.

제갈세가의 제갈담운이 아닌, 사사혈궁의 총군사 제갈담운이 된 것이었다.

第八十九章 내 검을 받으시오!

화산지애

　　"으으으. 이제 우리는 어찌한단 말인가?"

　"일단 구의련이 있는 낙양으로 가야 하지 않겠나."

　"구의련이라도 별수 있겠나. 아침에 소문을 들어보니 정천맹뿐만 아니라 오대세가의 세가들도 모조리 불타 버렸다고 하더라고."

　"헉! 정말인가? 아무리 사사혈궁이라 해도 그것은 무리일 터인데……."

　"나도 자세히는 모르겠네만, 죽은 사람만 벌써 수천이 넘는다 하더라고."

"휴우……. 신교를 물리쳤다고 좋아라 했더니만, 이제는 사사혈궁이라니……."

정천맹의 참사가 벌어지고 오 일이 지났다.

발걸음을 돌려 청해로 가는 길.

어느 허름한 주점에 모인 삼류 무인들이 조심스럽게 자신들이 들은 소문을 교환하고 있었다.

'제대로 일을 벌이는군.'

사람들에게 반항할 수 없는 공포를 심어주고자 정천맹 사건을 일으킨 제갈세가.

그들의 계략은 성공하였다.

사사혈궁 이야기만 나오면 벌벌 떨기 시작하는 무림인들.

본능적으로 이번 사태가 쉽게 끝나지 않을 것임을 알고 있었다.

"휴우, 이럴 때 신룡검왕님이 계셨더라면 사사혈궁 놈들과도 한번 해볼 만할 터인데……."

"그러게 말이야. 신교에서도 무적이라던 신녀와 대총사를 물리친 신룡검왕이시라면 그까짓 사사혈궁 놈들도 별거 아닐 터인데 말이야."

귓가로 들려오는 과거의 내 명호.

"후후……."

쓸쓸한 웃음이 흘러나왔다.

아쉬울 때는 만세를 부르며 하늘의 천자처럼 대하더니 사냥이 끝나자 무참히 나를 배신했던 무림.

그런 그들이 나를 다시 찾고 있었다.

자신들이 상대하기 벅찬 사냥감이 나타나자 예전의 솜씨 좋던 사냥개를 찾는 것이었다.

"아! 그 소문도 있었네. 무림맹을 해체한 검황의 제자이신 신장천왕 독고유천 맹주님이 남경에 계신다는구먼."

"맞아! 신장천왕님이 계셨군!"

"구의련으로 향했던 사람들과 남경으로 향하는 무인들이 반반이라고 하네. 협의 대명사이신 신장천왕님이시라면 이 사태에 가만히 있지는 않을 것이야!"

"그렇지! 그럴 것이야! 사사혈궁 따위에 중원 무림을 넘겨 줄 수는 없지!"

진실을 모르는 우매한 무림인들.

"푸하하하하하하!"

허파에 바람이라도 든 듯 웃음이 터져 나왔다.

"아니, 서생 주제에!"

"지금 우리를 비웃는 것이오!"

발끈하는 무림인들.

"하하하하. 아니오. 그냥 갑자기 세상 사는 것이 즐거워서 웃음이 나왔소이다."

고수들과 달리 낭인과 비슷한 삼류 무인들은 대부분 큼직한 검과 도를 들고 다녔다.

실력을 감추기 위한 나름대로의 방호책이었다.

"흥! 세상 많이 좋아진 줄 아쇼. 감히 서생 나부랭이가 무림인들의 대화에 끼다니."

"그러게 말이야. 그래도 정파가 세상을 잡고 있어서 그렇지, 사파 놈들이 설치고 다녔어 봐. 저런 서생 목숨은 파리 목숨보다 못하지."

"맞아. 우리 같은 협의지사들이 있기에 살기 좋은 세상이라고."

자신들만의 꿈속에서 사는 무인들.

더 이상 할 말이 없었다.

그들의 말대로 그들 같은 무인들이 있기에 세상은 돌아가는 것이었다.

어리석은 자들을 지배하기 위하여 욕심 많은 돼지들이 설치는 그런 세상 말이다.

스윽, 스윽.

신교로 돌아온 마황 구천마검.

자신의 애검인 진마검을 정성스럽게 닦았다.

마치 숭고한 의식이라도 치르는 듯 일체의 예로써 검을 대하는 구천마검.

쉬익, 쉬익.

들락거리는 그의 느린 숨을 타고 대전의 마기가 구름처럼 떠다녔다.

꿀꺽.

'무슨 일이기에 나를 불렀단 말인가.'

거의 시체나 다름없는 신녀를 데리고 온 마황은 열흘 만에 신녀를 살려냈다.

한 번 깨진 소수마공이기에 다시는 마공을 수련할 순 없지만 목숨만은 살려놓은 마황.

일체의 접견도 불허하였다.

새로이 장로들도 세우고 고위 급들의 인사도 단행해야 하건만 마황궁에 홀로 틀어박혀 검만을 닦는 구천마검.

오늘 석 달 만에 마뇌를 불러들였다.

그리고 세 시진째 마뇌는 머리를 조아리고 있어야 했다.

"세상이 참 별거 없어. 젊을 때는 뜨거운 피가 심장을 휘돌아 사랑도 하고 명예도 쫓았지만, 이제 나이를 먹으니 술잔을 기울일 친구 한 놈만 있었으면 하는 바람뿐이니."

전 무림을 벌벌 떨게 만드는 신교 주인의 입에서 어울리지 않는 말이 고즈넉이 흘러나왔다.

"사실 여인도 명예도 가져 보면 별거 없잖아. 아무리 눈이 뒤집어지는 예쁜 계집도 나이를 먹고 늙고 병들어 죽는 것은 매한가지고, 명예와 권력이라는 것도 휘두를 때 한때뿐이란 말이야."

세상 다 산 노인네처럼 삶의 목적을 잃어버린 마황의 음성.

그러나 마뇌는 어디로 튈지 모르는 마황의 성격을 알기에 입을 다물었다.

"그런데 그 사라질 것을 위하여 백 년을 노력한 친구들이 있으니. 쯧쯧. 난 그래도 한 사십 년 발버둥 쳐서 깨어났건만 참으로 불쌍한 친구들이야."

얼마 전에 이어 두 번째로 백 년을 이야기하는 마황.

마뇌의 등에서 식은땀이 솟아오르기 시작했다.

"하고 싶으면 해봐야지. 백 년을 준비했는데 얼마나 억울하겠어. 그렇지 않나, 마뇌?"

"네? 네에……. 그렇습니다, 만마의 아들이시여."

수십 년을 최측근에서 모셨지만 결코 마음을 열거나 허점을 보이지 않는 마황 구천마검.

이 순간 마뇌의 머릿속에 마황에 대한 공포가 스며들기 시작했다.

가문의 백년대계를 위하여 어릴 적부터 신교에 투신한 마뇌.

가문만 아니었다면 벌써 마황께 진심으로 충성했을 것이다.

그것이 정신 건강과 만수무강의 지름길이라는 것을 너무나 잘 알고 있었다.

"자네도 참으로 불쌍한 친구야."

갑자기 친근하게 자네라고 말을 걸어오는 마황.

"무, 무슨 말씀이신지……."

가슴을 서늘하게 만드는 불길한 생각에 조심스럽게 입을 여는 마뇌.

"이제 그만 가면을 벗게. 쯧쯧, 나 같은 사람 밑에 있으면서 수십 년을 이중적인 마음으로 살아 버틴 자네도 대단해. 사실 처음 자네의 정체를 알았을 때는 살갗을 벗기고 독사굴에 처넣고 싶었지만, 궁금하더군. 과연 얼마나 내 밑에서 이중적인 생활을 할 수 있을지 말이야."

"허억……."

마뇌는 참았던 신음을 흘려내야 했다.

마황 구천마검이 자신의 정체를 진작부터 알고 있었다.

그러고도 지금까지 지켜만 보고 있다 하였다.

머리가 하얗게 비는 충격을 받은 마뇌.

멍한 눈동자로 마황을 지켜보았다.

"내가 왜 무림정벌의 선봉에 서지 않았는지 이제는 알 것이야. 사실 자네들이 나타나기 전에는 아연이로도 충분히 무림을 정복할 수 있다고 판단하였지. 그런데 한 마리 용이 나타나 나와 자네의 계획을 보기 좋게 물거품으로 만들어 버렸지. 하하하. 그 친구만 생각하면 웃음이 나오는군. 내 앞에서도 죽음을 두려워하지 않고 자기 말을 다한 친구는 그 친구밖에 없었어."

극마를 넘어 반인반선의 경지에 오른 마황 구천마검.

감정이나 내공 따위는 생각만으로 허상처럼 만들어낼 수 있었다.

그렇기에 지금도 여유로운 웃음을 지을 수 있는 것이었다.

쿵.

저도 모르게 무릎을 꿇는 마뇌.

더 이상 버틸 수가 없었다.

지금까지 버틴 것만으로도 마뇌의 심장과 장기들은 시커멓게 녹아서 남아 있지 않을 정도였다.

"자네를 살려주겠네. 수십 년 동안을 내 밑에서 버텨온 그 열정에 내가 졌네. 그리고 가서 전하게. 자네의 아비인 제갈명성에게 내가 무림에 발을 내미는 일은 없을 거라고 말이야."

"……."

믿을 수 없는 마황의 선언.

그러나 믿어야 했다.

그는 만마의 아들인 마황 구천마검이었다.

"사실 중원 따위를 점령해도 여기 교주보다 나을 것은 전혀 없지 않나? 먹을 것이 더 나오나, 잠잘 곳이 더 편해지나?"

욕심이 명경지수의 물처럼 사라져 버린 마황 구천마검의 마음.

마뇌는 마른침을 삼켰다.

가문이 바라던 최고의 상황.

마황이 죽거나 중원에 발을 디딜 수 없게 만드는 일이 지금 눈앞에서 이루어지고 있었다.

"하지만 좋아하지는 말게. 흐흐흐, 그 친구가 자네들의 씨를 말려 버릴 것이니."

말 같지도 않은 저주를 퍼붓는 마황 구천마검.

그 친구라면 마뇌도 알고 있었다.

가문의 계략에 걸려 무공이 전폐당하고 천뢰옥에 수감된 신룡검왕 화운룡을 말하는 것이었다.

'놈은 죽었을 것이다. 사지근육이 잘리고 내공을 상실한 자가 어찌 살 수 있단 말인가.'

동생으로부터 들어오는 비밀 정세 보고를 통해 무림의 상황을 소상히 알고 있는 마뇌.

난생처음 마황의 말을 믿지 않았다.

"쯧쯧, 믿지 않는군. 뭐, 믿는다고 달라질 것은 없을 것이야. 그 친구를 막을 자는 이제 세상에 몇 명이 없을 것이니."

앉아서도 세상의 흐름을 관조할 수 있는 신선 같은 말을 지껄이는 마황 구천마검.

"살려주시는 은혜에 감사드리옵니다!"

마뇌는 자복하였다.

"만약 저희 가문이 중원을 얻게 되면 극진한 예로써 마황을 모실 것을 가문의 이름으로 약속드리는 바입니다."

"하하하, 그래? 뭐, 그것도 나쁘지 않군. 자네 가문의 뜻대로 될지는 모르지만 말이야."

명리를 초탈한 마황의 시원한 웃음.

마뇌는 입술을 깨물었다.

절대 그럴 일이 일어날 리가 없었다.

사실 자신의 아비의 무공이라면 마황을 죽일 수 있을 것이었다.

아무리 마황이라 해도 사사혈궁의 모든 진전을 이어받고 소림의 무공까지 대성한 자신의 아비, 제갈명성.

그는 이미 무신이었다.

"그만 가보게. 갈 때 교에 있는 자네의 수족들 모두 데려가게. 이 말을 거역하면 나도 어찌 마음이 변할지 모르네."

협박을 하는 마황.

"알겠습니다. 마황의 뜻대로 하겠나이다."

마지막까지 극진한 예를 잃지 않은 마뇌.

그런 그의 귀에 마황의 음성이 천천히 흘러들어 와 박혔다.

"기다려지는군. 이제 곧 그 친구가 올 것인데. 얼마나 변했을지 말이야……"

아연이 있는 청해는 멀었다.

그러나 마음은 이미 아연에게 가 있었다.

'살아 있겠지. 아연, 보고 싶다. 나의 어여쁜 제비여.'

무림도 필요없었다.

명예도 짐일 뿐이었다.

나를 버린 사문도 거추장스러운 옷이었다.

지금 오직 생각나는 것은 아연의 사랑스러운 품.

달콤한 향기가 과실처럼 풍겨 나오고, 하늘의 시린 별빛 같은 시원함이 숨결에서 느껴지는 어여쁜 제비의 품.

바람을 가르고 시간의 강을 건너 나는 지치지 않는 천마처럼 달렸다.

무림은 더욱더 복잡해지고 있었다.

무한의 정천맹을 강탈한 사사혈궁은 구의련에 귀명첩을 날렸고, 구의련은 온 힘을 모아 정천맹에 대항하려 하였다.

거기에 무림맹 맹주였던 독고유천은 새로운 무림 집단을 창설하기 위하여 힘을 모으고 있다 하였다.

바람보다 빠르다는 소문.

아연을 찾아가는 중에도 내 귀에는 무림 정세에 대한 것들이 멈추지 않고 들려왔다.

'아버님과 사부님은 잘 계시겠지.'

아연을 구하기 전에 이미 구엄상 사부에게 서찰을 띄웠었다.

내가 죽고 나면 분명 사사혈궁과 제갈세가가 가만히 놔두지 않을 것이기에 나름대로 방편을 세웠던 것이다.

그리고 내 예상대로 아버지와 사부가 잡혔다는 소식은 듣지 못했다.

하지만 나 때문에 걱정하실 사부들과 아버님.

당장 연락을 취하고 싶었지만 지금은 때가 아니었다.

무림이 확 뒤집어졌을 때, 그때 나설 것이었다.

팟!

한 걸음에 백여 장이 넘는 거리가 압축되었다.

눈 한 번 깜짝할 사이에 대지는 연인을 맞이하여 옷을 고르는 여인의 마음처럼 순식간에 바뀌어갔다.

어느새 서녕을 지나 만리장성이 눈에 들어오고 있었다.

그리고 만리장성만 넘으면 곧 신교가 있는 청해였다.

사실 신교의 총 본교가 어디 있는지 정확히는 몰랐다.

하지만 아연이 주절거렸던 말들을 하나하나 떠올리며 찾아갈 것이었다.

세 개의 눈 덮인 산봉우리가 초승달이 뜰 때 가장 아름다운 곳으로 변한다는 신교의 총 본교.

이미 마음속에는 총 본교가 자리 잡고 있었다.

차자장.

"악!"

그렇게 흐뭇한 마음으로 신교를 향해 가는 길에서 들려오는 병장기 소리와 참담한 비명.

지나치려 하였다.

어차피 생사는 염라대왕의 몫.

내가 개입할 문제가 아니었다.

"죽여라!"

하지만 순간 들려온 앙칼진 목소리가 귀에 익숙하였다.

파밧.

급히 걸음을 바꾸었다.

내공 섞인 비명 소리가 들리는 곳은 천 장 밖.

빠른 걸음이기에 순식간에 도착할 수 있는 거리였다.

"죽여라!"

놈들을 피해 중원을 벗어나고 있었건만 집요하게 쫓아온 놈들.

익히 아는 자들이었다.

혈무궁에서 같은 순찰사자로 키워진 동료들.

빙수독심 하수옥은 독기에 찬 눈으로 자신에게 다가오는 세 명의 순찰사자들을 노려보았다.

"흐흐흐. 계집, 네년을 찾기 위하여 온 중원을 이 잡듯 뒤졌다."

"개 같은 년. 뒈질 것이면 빨리빨리 나타날 것이지 이곳까지 도망치다니."

"크크크. 그래도 우리는 다른 놈들보다 복이 있구나. 혈무궁 제일 미인이라는 계집을 맛볼 수도 있으니……."

'이놈들도 가짜다!'

온통 거짓투성이로 변한 혈무궁.

그 비밀을 폭로하고자 혈무궁을 탈출하여 화운룡에게 달려가던 하수옥.

그러나 만나기도 전에 화운룡이 신녀를 데리고 도주를 감행하고, 무림공적이 되어 추적당했다는 말에 할 말을 잃어버렸다.

거기에 엎친 데 덮친 격으로 화운룡이 무림맹에 찾아가 천뢰동에 갇혔다는 소식까지 들어버렸다.

더 이상 희망이 없는 상황.

그대로 죽을 수 없어 하수옥은 필사의 도주를 감행했다.

그러나 어느새 중원 무림을 암중에 점령한 사사혈궁 놈들.

신교의 영역인 청해의 코앞까지 쫓아온 것이다.

'더럽게 죽을 수 없다. 개새끼들!

욕망에 눈이 희번덕거리게 변한 발정난 개새끼들.

하수옥은 독한 마음을 먹고 혀를 물어갔다.

퍼벅!

그 순간 아혈과 마혈에 격중되는 따끔한 지풍.

"수고비는 주고 가야 할 것 아니야. 흐흐흐."

"죽기 전에 육보시라도 하고 죽어라."

이런 일이 한두 번이 아닌 듯 모든 상황을 지배하는 놈들.

하수옥은 눈을 감았다.

처참히 능욕당하다 비참하게 죽을 운명.

차라리 마음이 편했다.

어차피 한 번뿐인 삶.

이것도 운명으로 받아들였다.

'사부님……. 곧 그 곁으로 가겠습니다.'

이미 죽은 것이 확실한 혈황 궁천무극.

아버지 같은 사부의 품 안이 갑자기 그리웠다.

"크크크크……."

"흐흐흐흐흐."

짙어지는 음소.

놈들의 손이 하수옥의 의복 위로 느껴져 왔다.

쉬이이익.

퍼버벅.

후두두둑.

그런데 갑자기 무언가 터져 나간 소리가 들리더니 하수옥의 온몸으로 뜨거운 물들이 쏟아졌다.

'헉!'

아혈이 짚혀 비명도 지르지 못하는 하수옥.

두 눈이 찢어질듯이 부릅떠졌다.

죽어 있었다.

방금 전까지 하수옥을 향해 음소를 날리던 발정난 개새끼들의 목이 깨끗이 잘려 나가 있었다.

믿을 수 없는 광경.

그 순간 믿기지 않는 일이 하나 더 발생하였다.

'귀, 귀신!'

빙수독심이라 불렸지만 마음은 연약하였던 하수옥.

그녀는 한 남자의 얼굴을 보고 그대로 기억을 놓고 말았다.

"휴우……."

기껏 살려줬더니 기절해 버리는 혈무궁의 순찰사자라는 여인.

벌써 세 번째로 목숨을 구해주었다.

'전생에 내가 빚진 것이 많나 보군.'

이것도 피할 수 없는 운명.

피바다에 누워 버린 하수옥이라는 여인을 허공섭물로 가볍게 들어 올렸다.

파밧.

그리고 마황 구천마검이 아연을 데리고 사라지던 방식 그대로 하수옥을 허공에 띄운 채 몸을 날렸다.

청해가 가까워짐에 따라 축골공을 풀어버렸다.

그렇기에 나를 알아본 하수옥이 놀라 기절한 것이 분명하였다.

중원 무림에서 나는 이미 죽어서 잊혀져 가는 자였기에……

"이제 어쩔 것이오? 이대로 여기서 개죽음을 당할 것이오!"

"그, 그렇습니다. 여기서 죽을 수는 없습니다. 빨리 결정을 내립시다."

자신들의 욕심으로 인하여 화산의 봉문을 이끌어낸 청성과 점창의 욕심쟁이 늙은이들.

청성 장문인 유상과 점창의 영운 진인은 무당파 장문인인 태극도장 운공에게 결단을 촉구하였다.

"어디로 간단 말이오! 여기서 물러나면 놈들은 분명 각파로 쳐들어올 것이오. 그리고 우리를 믿고 이곳에 찾아온 일만의 동도들은 어디로 보낸단 말이오!"

"하지만 소림과 화산, 그리고 아미파와 종남파도 없는 상황에서 어찌 우리들의 힘만으로 막을 수 있단 말입니까! 더욱이 신교 발호 때 죽은 각파의 정예들이 수천입니다. 도저히 놈들과는 승산이 없습니다."

청성 장문인 유상이 앞장을 섰다.

오대세가의 가주들과 정예들, 그리고 수만 무림인들이 모인 정천맹 개맹식 때 보였던 사사혈궁의 가공할 무위.

거기에 잔혹한 그들의 손속은 이미 전 무림에 쫙 퍼져 공포로 불리고 있었다.

"허어, 지금 누구 때문에 구파가 이리 됐는데 자신의 안위를 챙긴단 말이오! 그러고도 그대들이 무림의 기둥인 구파의 장문인과 장로들이라 할 수 있소이까!"

구의련의 임시 련주를 맡고 있는 태극도장 운공의 호통이 회의장에 쩌렁쩌렁 울렸다.

정천맹에 무림맹을 빼앗긴 것으로도 모자라 화산파가 남긴 작은 이권 다툼에 소림과 종남도 돌아가 버렸다.

신교 발호가 끝나면 무림이 자신들의 손에 들어올 줄 알고 벌인 소탐대실의 행동.

무당파 장문인 운공은 가슴이 답답해져 왔다.

"그럼 우리만 잘 살자고 그랬소이까! 여기 계시는 각파의 장문인과 장로들도 동조하지 않았소이까! 입이 있으면 말을 해보시오!"

열 받은 유상 장문인이 회의장에 모인 수십 명의 각파 장문인과 장로들에게 불만을 터뜨렸다.

"……."

찾아온 침묵.

"무량수 불……."

운공도 눈을 감고 무량수불만 외울 뿐이었다.

유상의 말처럼 모두 다 이익에 눈이 멀어 구파의 기둥인 화산파와 무림맹을 버리고, 오늘에는 구의련도 버리려 하였다.

철새들처럼 이리저리 둥지를 옮기는 신세.

운공의 눈에서 눈물이 흘러내렸다.

중은 절을 벗어나면 안 되고, 도인은 산을 벗어나면 안 된다는 깨달음의 격언을 이제야 안 것이다.

"우리 청성은 지금 바로 구의련을 떠날 것이오! 남경에서 정과 사를 초월한 대연맹을 만들고 계시는 전 무림맹주 독고유천 대협을 따를 것이오!"

"우리 점창도 청성과 뜻을 같이할 것이오."

유상 장문인의 말이 떨어지기 무섭게 점창의 장문인 영명도 동조의 의사를 표했다.

갈수록 피골이 상접해져 점창의 장문인으로 볼 수 없을 정도인 영명 진인.

눈에 정기와 총기가 사라진 지 오래였다.

"영명! 그대조차도!!"

장문인을 떠나 같은 도를 공부하는 영명을 향해 운공이 소리쳤다.

둘은 문파만 달랐지 이미 오래전부터 친구 사이였다.

그런데 영명이 운공을 배신한 것이었다.

"미, 미안하네……. 이 죄는 죽어서 갚겠네."

죄를 알면서도 행하는 영명.

그의 눈에 슬픔과 고뇌가 어려 있었다.

"가시오! 간다면 말리지 않겠소이다. 이곳에 모인 일만의 동도들은 우리 무당이 지킬 것이오!"

소리치는 무당 장문인 운공.

"알겠소이다. 그럼 우리는 떠나겠소이다!"

운공의 선언에 일말의 미련도 없이 등을 돌리는 청성의 유상 장문인.

"저희도……."

어느새 문을 열고 나가는 유상의 뒤를 따라 나서는 점창과 나머지 문파들의 수장.

"허어……. 무림이 어찌 될라고……."

남은 구파의 수장들이라고 해봐야 무당파의 장로 두 명과 눈을 감고 있는 아미파의 장로 두 명, 그리고 곤륜에서 명목상으로 참가한 한 명의 장로만이 침중한 표정을 짓고 있었다.

'이럴 때 개방이라도 있었으면…….'

어느 날 갑자기 무림맹과 소원해진 개방.

정보를 건네주는 당주 급 신분의 개방 제자는 있어도 그 이상의 개방 제자들은 아예 모습을 보이지 않았다.

"무량수불……."

답답한 가운데 흐르는 무량수불.

처량한 슬픔이 가득 담겨 있었다.

"같이 가요!"

살려줬더니 보따리 내놓으라 하는 식의 여인.

만리장성을 넘어 청해까지 따라왔다.

쉬이이이잉.

계절은 어느새 겨울.

유난히 추위가 빨리 찾아오는 청해답게 북풍한설이 대지를 얼어붙게 만들었다.

그리고 사냥꾼 아낙내가 만든 짐승 털가죽 옷을 입은 하수옥이 따라오고 있었다.

'이곳이 신교의 총 본교인가.'

사방은 온통 눈과 얼음, 그리고 인간의 발걸음을 허락하지 않는 만년산들이 굽어보고 있었다.

그리고 세 개의 눈 덮인 봉우리가 초승달이 뜰 때 가장 아름다운 봉우리.

고요한 겨울 밤.

처량하게 떠 있는 달이 바람과 눈과 산을 안쓰럽게 쓰다듬고 있었다.

"헉헉……. 너무해요."

아무리 내공이 강하다 하더라도 살갗을 에는 차가운 바람은 반갑지 않을 것이었다.

양 볼이 빨갛게 물든 하수옥이 거친 숨을 몰아쉬었다.

"기다리라고 했지 않소."

아무리 사사혈궁과 혈무궁이라 하더라도 만리장성을 넘은 신교의 영역을 침범하지 않을 것이었다.

중원 무림 역사상 신교가 무림을 침공한 적은 있어도 중원 무림이 신교의 땅을 밟은 적은 없었다.

"그런데 정말 신교의 총 본교를 찾는 것이에요?"

딴청을 피우며 달빛에 젖어 있는 설산을 바라보는 하수옥.

입맛을 다시고 설산을 바라보았다.

"후후……. 이렇게 나온다, 이거지."

괜히 죽치고 앉아 시간을 낭비할 수 없었다.

궁금한 어여쁜 제비의 생사.

한시라도 빨리 마황을 만나야 했다.

"따라오시오."

"네! 호호호."

무엇이 좋은지 따라오라는 말에 웃음을 짓는 하수옥.

사부가 죽고 자신이 몸담고 있던 혈무궁이 사사혈궁에 잡아먹혔건만 걱정이 없어 보였다.

팟.

발밑에 밟히는 얼어붙은 눈의 감촉.

비로소 신교의 대지에 찾아왔음이 실감났다.

"마황 구천마검, 나오시오! 와서 내 검을 받으시오!"

우르르르르릉.

콰르르르르르릉.

수백 년 동안 쌓인 설산이 엄청난 내공의 기파에 몸살을 앓았다.

때 아닌 눈사태가 사방 백 리에 펼쳐졌다.

"교, 교주님, 어찌할까요……?"

신교 또한 그 덕분에 난리가 났다.

그동안 설산을 의지하여 설치한 기문진식이 통째로 흔들

리고 있었다.

자칫 천 년 비밀로 남아 있는 신교의 총 본교가 노출될 상황.

"푸하하하하하!"

자신의 애검인 진마검을 들고 박장대소를 터뜨리는 마황 구천마검.

마황을 호위하는 천마광풍대의 대주 장천영.

핼쑥해진 얼굴로 마황의 답변을 기다렸다.

대단한 놈이었다.

단순히 내공만으로 만년설산에게서 눈을 토하게 만드는 힘.

말로만 듣던 천년내공이 아닌가 싶었다.

"벌써 왔구나. 적어도 일 년은 돼야 올 줄 알았건만 반년도 안 돼서 나타나다니! 하하하하하하! 어젯밤 꿈에서 용을 품었더니 네가 왔구나!"

백년지기 친구를 만난 듯 반가움을 온몸으로 표현하는 마황 구천마검.

팟.

어느새 허공 백여 장 높이로 치솟은 마황.

엄청난 무공답게 신법 또한 따라올 자가 없었다.

슈우욱.

허공에 뜬 상태로 새처럼 몸을 날리는 마황.

신공의 전설상의 절기인 어기비행이 펼쳐지는 순간이었
다.

파바밧.

마황이 사라지자 그림자인 천마광풍대도 움직였다.

오직 교주와 생사를 같이하는 천마광풍대.

개개인의 무공이 무림의 어지간한 문파의 장로 급을 넘어
선 지 오래였다.

第九十章 호교총사 화운룡

화산지애

"그, 그만 해요!! 귀가 떨어져 나갈 것 같아요!"

혈도를 짚고 내공으로 귀를 보호함에도 파랗게 질린 하수옥이 고함을 질렀다.

우르르르르르르릉!

장관이었다.

만년설산이 가슴 가득 품었던 눈을 토하는 광경.

난생처음이자 마지막이 될 것 같은 장엄한 아름다움이었다.

'이제 알아서 기어나오겠지.'

설산에 천고절진이 설치된 것을 알고 있었다.

나조차도 상대가 허락하지 않으면 상당한 심력을 소모해야 돌파할 수 있는 절진.

자연을 이용하여 설치된 그 진을 부숴 버리는 답은 간단하기에 눈사태를 만들어낸 것이다.

'오는군!'

바로 느껴지는 강맹한 기도.

아직 모습은 보이지 않았지만 떨리는 기운의 파동만으로도 그가 오고 있음을 알 수 있었다.

마황이 오고 있었다.

그러자 갑자기 생각나는 철검 한 자루.

나와 함께 울고 웃던 화산의 철검.

분명 마황이 이렇게 나타남을 알면 기쁨의 울음을 터뜨렸을 것이다.

명검도 아닌 것이 검명을 울리던 철검.

갑자기 그놈이 보고 싶었다.

오늘 같은 날 놈과 함께라면 세상에 두려울 것이 없을 것이었다.

"하하하하하하, 하하하하하하하하!"

천지간에 가득 울리는 해맑은 웃음.

"사, 사람이 날아와요!"

말로만 듣던 어기비행의 경공을 보며 입을 헉 하고 벌리는 하수옥.

"위험하니 이곳에서 가만히 있으시오."

"네? 어디 가세요?"

두려움에 커다란 눈을 동그랗게 뜨는 하수옥.

팟.

고개를 돌리고 설산의 정상을 박찼다.

마황이 어기비행이라면 나에게는 육지비행술이 있었다.

"저, 저게 사람이야……."

전설은 전설로 남아야 매력이었다.

그러나 오늘 말로만 듣던 전설 급의 경공을 눈으로 보고 있는 하수옥은 허공에 구름처럼 표표히 떠 있는 두 사람의 모습에 전율을 느꼈다.

인간이 아닌 하늘의 신선들이 분명한 두 사람.

같은 음식을 먹고 똑같이 잠을 자는 인간이라면 저럴 수가 없었다.

새의 깃털도 무거워서 아래로 떨어지건만, 강력한 내기를 뿜어내면서도 아무렇지 않게 허공에 자리 잡은 두 사람.

신선이 분명할 것이라 생각했다.

아니면 이 자체가 꿈이던지……

"일찍 찾아왔군."

별로 좋은 기억을 간직한 사이가 아니건만 친밀감을 표현하는 마황 구천마검.

만약 처음 보는 사람이 구천마검을 본다면 나와 정말 친한 사이가 아닌지 착각할 정도였다.

"그렇소. 잘 지내셨소이까."

강해지자 더 여유가 있었다.

몇 달 전만 해도 죽음을 각오하였기에 비장함이 가슴을 가득 메우고 있었다면, 지금은 평정심이 나를 지배하였다.

"하하. 자네가 보고 싶어서 환장하는 줄 알았네. 그런데 이렇게 만나니 반갑기 한량없네."

미친 것이 분명하였다.

처음 만났을 때는 나를 죽일 듯이 노려보던 마황.

그런데 오늘은 사부인 자광 진인보다 더 나를 반기고 있었다.

"아연은 잘 있소이까?"

"물론 잘 있지. 하나뿐인 내 혈육을 내가 죽이기라도 할까 봐 그러나? 하하. 나, 그런 사람 아니네."

"말도 안 되는 소리! 그런 사람이 왜 아연에게 소수마공 같은 마공을 수련하게 하였소이까!"

갑자기 분노가 치솟았다.

이중인격적인 마황의 언행.

경멸감이 몰려왔다.

"그 아이의 업보일세."

담담한 마황의 답변.

일순간 할 말이 없었다.

"신교의 신녀로서 태어나자마자 내정이 되었네. 아무리 내가 신교의 교주이자 마황이라 하더라도 신녀로 정해진 운명은 바꿀 수가 없었네. 그리고 그때 나는 미쳐 있었네."

죄를 자복하면 더 이상 추궁하기가 힘들다.

지금이 바로 그런 상황.

변명 아닌 변명을 하더니 자신이 미쳤다고 고백해 버린 마황.

정말 미친 것이 분명했다.

"흥! 그런다고 해서 아연이 받았던 상처가 사라지는 것은 아니오. 지금껏 살면서 아비의 사랑 한 번 받아보지 못한 불쌍한 여인이오. 그런 아연에게 무림 침공을 명하다니! 그러고도 당신이 아비이자 사람이오!"

"할 말이 없네. 하지만 신교의 힘이 만월처럼 가득 차면 나조차도 감당할 수 없네. 자네 눈으로 보지 않았는가. 이 척박한 대지에서 무엇을 꿈꾸고 살겠는가?"

축적된 신교의 힘을 감당할 수 없었다는 마황 구천마검의
변명.

어느 정도 수긍이 갔다.

이런 대지에서 꿈꿀 것은 언제나 생육의 기운이 펄펄 넘치
는 중원의 땅일 것이었다.

"자! 이제 더 이상 못 기다리겠네. 자네가 검황에게서 얻은
검을 보여주게!"

"헉!"

세상에 나와 검황 둘만이 알고 있는 비밀.

그런데 마황 구천마검은 내가 검황의 진전을 이었다는 것
을 알고 있었다.

"무얼 놀라나. 자네도 내 나이가 되어보게. 이 정도는 아무
것도 아닐 걸세."

청아한 모습으로 신선 같은 말을 내뱉는 마황 구천마검.

누가 있어 그를 신교의 절대자인 마황 구천마검이라 하겠
는가.

"살살하게. 늙으면 뼈마디가 쑤셔 한 번 부러지면 쉬이 고
쳐지지가 않네."

파아앗.

어느새 빼어 든 검은 묵빛으로 물들어 있는 검 한 자루.

아무리 마황이 반인반선의 경지에 들었다 하더라도 본래는 마인.

칠흑 같은 어두운 마기가 그의 전신에서 달빛처럼 쏟아져 나왔다.

타다다당!

자연스럽게 이는 호신강기에 부딪치는 마황의 마기.

벌써부터 주인을 닮아 호전적이기 그지없었다.

쉬잉.

그 순간 나의 손에서 피어나는 한 자루 푸른 검.

"오오! 심검을 유형화할 수 있다니 제법이야."

나의 성취가 즐겁기만 한 마황.

놀잇감에 빠져든 아이처럼 마기로 물들어 있는 눈동자에 순수함이 묻어났다.

파괴와 분노를 대변하는 마기를 소유하고서도 보이는 순수함.

만법귀일이자 만류귀종의 이치.

모든 것은 돌고 돌다 보면 다 하나가 되는 것이었다.

어두움도 밝음도 다 인간이 만들어낸 허상일 뿐이었다.

정파의 무공을 수련한다 하더라도 사악한 마음을 품으면 그것이 곧 악이요, 마공을 수련하더라도 순수한 목적을 위해 사용하면 그것이 바로 정이었다.

"이것은 어떠한가? 내가 최근에 깨달은 검이라네. 사랑스럽지 않은가?"

피리리리리리리링.

"헛!"

순식간에 마황의 검이 십여 장의 크기로 커버렸다.

진검이 심검으로의 형상화.

하지만 허공에 만들어진 십여 장의 검도 진검이었다.

'휴우, 이러면 무슨 결투가 되겠는가.'

무공 토론장으로 변해 버린 마황과의 만남.

한숨을 쉬며 히쭉히쭉 웃고 있는 마황을 바라보았다.

콰과과과과광!

"아……."

모든 산들의 머리 위에 우뚝 선 설산에 올라 입을 벌리고 탄성을 터뜨리는 하수옥.

별들이 쏟아지고 있었다.

인간이지만 인간일 수 없는 두 사람이 펼치는 무공.

경천동지라는 말은 이때 사용하는 것이리라.

검강이나 이기어검 따위는 저 두 사람에게 끼지도 못했다.

한 번 번쩍일 때마다 쏟아지는 유성우 같은 심검의 그림자.

한 번 격돌할 때마다 온 천지가 들썩였다.

"하하하! 이번 것도 막아보게!"

더욱이 마황으로 보이는 자는 즐거움에 빠져 웃음을 터뜨리기에 여념이 없었다.

쇄애애애애애액—

마황의 검이 갑자기 수십, 수백 개로 분리되더니 화운룡을 향해 쏘아갔다.

빙글빙글.

쇄애애애액.

피리리리링.

수백 개의 검들이 저마다 살아 있는 듯 회전을 하며, 직선으로 날며, 환초를 뿌리며 화운룡의 몸을 향해 무섭게 날아갔다.

단 일초라도 몸에 맞으면 사망에 이를 무시무시한 절초.

"……."

하수옥은 자신도 모르게 두 손을 꼭 움켜잡았다.

촤자자장!

그때, 화운룡의 손에 들려 있던 심검이 검도 아니면서 맑은 비명을 토했다.

"타앗!"

그리고 울리는 화운룡의 청아한 탄성.

쉬이이이익.

심검이 화운룡의 머리 위로 빠르게 치솟았다.

파바바밧!

빛이 터졌다.

밝은 달빛이 설산을 가득 품고 있는 가운데 터진 빛의 향연.

갑자기 수백 개의 유성우가 여름 장맛비처럼 후드득 쏟아져 내렸다.

"아……."

심검이 만들어낸 환상 같은 검의 빛무리.

환하게 눈동자로 파고드는 유성우에 하수옥은 눈물을 흘렸다.

무인의 길을 가지만 도저히 따라갈 수 없는 지극한 경지.

죽기 전에 이런 광경을 다시 볼 수는 없을 것이었다.

쩌저저저저정!

맑은 강물의 얼음벽이 깨지는 파편의 소리.

빛의 검이 마검에 부딪치며 빛과 소리로 탄생했다.

소멸의 의식을 치르는 화운룡의 심검.

짜자장!

어느새 자신을 향해 다가오던 모든 마검을 부숴 버렸다.

휘리리리링.

아니, 부수고 남은 유성우가 마황을 향해 폭사해 갔다.

그 숫자가 무려 수십여 개.

휘이익.

처음으로 얼굴이 굳은 마황 구천마검.

들고 있던 검으로 동그랗게 원을 그렸다.

퍼버버벙!

그 순간 그물에 빨려들듯 원 속으로 사라지는 빛의 검.

요란한 소리를 낸 빛무리가 반짝이며 순식간에 사라져 버렸다.

"……."

그리고 찾아온 정적.

"진정한 마음의 검을 얻었는가……."

떨리는 목소리로 묻는 마황의 질문.

끄덕.

말 대신 천천히 고개를 끄덕이는 화운룡.

"그렇군. 심어검의 진체를 보았군."

하늘을 올려다보는 마황 구천마검.

츄아악!

갑자기 마황의 입에서 터지는 피분수.

피리리링.

지상으로 떨어져 내리기도 전에 엄청난 추위에 피들은 얼음이 되었다.

슈우우욱.

그 뒤를 이어 허공에서 추락하는 마황 구천마검.

신교의 교주이자 마황이라 불리는 절대자가 패배를 당하
는 순간이었다.

그리고 새로운 검황의 탄생을 알리는 순간이기도 하였다.

파앗.

마황 구천마검이 추락하자 잠시 갈등하던 화운룡이 급히
마황의 뒤를 이었다.

"용……. 운룡!"

그 순간 하수옥은 꿈결처럼 속삭였다.

어느새 순식간에 몰려든 한 덩이의 구름.

그 구름을 뚫고 하늘의 용이 지상에 강림하는 순간이었다.

"돌아가시오. 화산은 봉문 중이오!"

어제 내린 폭설로 운중설산으로 변한 화산.

화산 입구에서 출입을 통제하는 두 명의 매화검수가 싸늘
한 표정으로 올라오는 이를 말렸다.

청수한 인상의 중년인.

처음 보는 자였다.

한 손에 검을 들고 회한에 찬 눈으로 화산을 바라보는 이.

그 모습에 매화검수들을 신경질적인 반응을 날렸다.

아주 기초적인 생활필수품을 구입하는 것 이외에는 화산 제자들은 어떠한 이유로도 하산할 수 없었다.

봉문을 선언한 그 순간부터 진산제자들은 화산에서 한 발자국도 벗어날 수 없었다.

그렇기에 새파랗게 날이 선 매화검수들.

봉문 십 년이 지나 버리면 무림은 변해 버렸을 것이고, 매화검수들 또한 그만큼 늙을 것이었다.

"허어……."

매화검수들의 말을 한 귀로 듣고 흘리며 화산을 아린 눈으로 바라보는 중년인.

눈동자에 작은 물기가 물들어 있었다.

'화산아……. 화산아…….'

속으로 불러보는 화산.

역골공으로 본모습을 감춘 자광 진인이 화산을 찾았다.

사람은 변해도 강산은 변하지 않는다 했던가.

화산의 시리도록 아름다운 설경에 자광 진인은 목 놓아 울고 싶었다.

"듣지 않았느냐! 화산은 봉문하였다. 만약 한 발자국이라도 더 화산에 오른다면 침입자로 간주하고 엄담할 것이다!"

이런 자가 한둘이 아니었다.

무림공적 화운룡과 그를 도운 매화검수 막여량 때문에 화산은 얼굴에 똥칠을 하였고, 그것을 기다렸다는 듯이 천여 명이 넘는 무인들이 화산을 찾아와 시비를 걸었다.

하지만 위에서 내려온 명에 의하여 입술을 깨물고 참았던 매화검수들.

이제는 인내의 바닥을 드러내고 있었다.

스윽.

매화검수들의 경고를 듣고도 천천히 발걸음을 옮기는 자광 진인.

"이놈이!"

눈썹을 치켜 올리며 참았던 분노를 터뜨리는 매화검수들.

저벅.

매화검수들의 살벌한 눈빛을 받으며 자광은 한 걸음을 더 옮겼다.

쉐에에에엑!

자신들의 마지막 남은 자존심마저 건들이자 폭발한 매화검수의 일수.

죽음을 잉태한 살검.

화산의 자랑하는 대라검의 투로.

땅!

쇠와 쇠가 부딪치는 소리.

"크악!"

비명을 지르며 삼 장 밖으로 나가떨어지는 매화검수.

단 한 수에 피를 토하는 중상을 입었다.

"이, 이놈이!"

적의를 품고 왔음이 분명한 상황.

온전한 매화검수가 급히 품에서 신호탄을 쏘아 올렸다.

슈우우우욱.

퍼벙!

운중설산의 화산에 터지는 매화 모양의 신호탄.

과거 당문이 화산을 존중하여 만들어준 매화탄이었다.

저벅저벅.

매화검수가 신호탄을 터뜨렸건만 무시하고 화산을 오르는

자광 진인.

눈에서 불길이 활활 타오르고 있었다.

썩어버린 화산.

오늘 그 썩은 살들을 피로써 도려내리라 마음먹었다.

"호교총사님을 뵈옵니다!"

"충!"

귓가에 들려오는 호교총사라는 호칭.

신교의 교주인 마황 구천마검만이 윗전인 일인지하 만인

지상의 자리.

쓴 입맛을 다시며 존경의 눈으로 바라보는 신교 무인들의 시선을 외면하였다.

"교주님께서 안에서 기다리십니다."

존경이 철철 넘치는 눈으로 황송하다는 듯이 입을 여는 마황의 직속 호위대인 천마광풍대원.

마황과 공전절후한 일전을 벌이던 장면을 모두 지켜보았던 그들은 나를 신처럼 떠받들었다.

철저한 강자존의 법칙으로 살아가는 신교 무인들.

내가 자신들의 대총사를 베고 장로들을 죽인 것 따위는 생각지도 않았다.

지금 이 순간 나는 신교의 호교총사일 뿐이었다.

스르륵.

마황 구천마검이 거처하는 만마전.

사방에 튀어나올 듯한 백팔 아수라상들이 정교하게 수놓아진 전각의 문이 열렸다.

그리고 느껴지는 기척들.

만마전은 언제나 삼십 명의 천마광풍대원들로 철저히 보호를 받았다.

"하하하. 정말 그랬단 말이더냐?"

"네, 사부님. 호호호. 혈황께서는 마황과 검황을 모아놓고 술내기를 하지 못하였음을 언제나 한탄하셨습니다."

"아쉽구나! 혈황이 그리 가다니. 지금 그가 있다면 몇 동이의 술이라도 마실 수 있을 것이건만."

사람 일이라는 것은 알다가도 모른다 하였다.

사사혈궁과 혈무궁에 쫓기던 하수옥이 마황의 제자로 발탁될 줄 누가 알았겠는가.

나 때문에 대제자를 잃었다는 핑계로 하수옥을 자신의 제자로 임명한 마황 구천마검.

어린아이같이 즉흥적으로 인생을 사는 그를 그 누구도 신교의 교주라 생각하지 않을 것이다.

"왔으면 들어와야지. 늙은이를 그렇게 사정없이 패놓고 찬바람까지 맞게 하다니. 에잉……."

못마땅한 마황의 불만 어린 음성.

"휴우……."

한숨을 쉬며 만마전 안으로 발걸음을 옮겼다.

"가가!"

팔랑팔랑, 한 마리 제비가 날아왔다.

덥석.

그 누구도 관여치 않고 내 품에 안기는 제비.

어여쁜 제비를 꼭 껴안아주었다.

다시는 잃어버리지 않을 나의 어여쁜 제비.

이제는 단 한시도 떨어지지 않을 것이었다.

"쯧쯧. 요즘 것들은 부끄러움을 모른다니까. 안 그러냐, 수옥아?"

"호호호. 저는 한없이 부럽기만 합니다."

하수옥의 진심 어린 반응.

"에휴, 내가 너희들 꼴 보기 싫어서 은퇴를 해야겠다."

"아잉! 사부님, 어디를 가시려고요. 저에게 아직 마황비공을 전수해 주시지도 않으셨잖아요."

이런 상황을 단 한 번도 생각해 보지 않았다.

신교에 들어와 마황과 생사대결을 펼친 후 덤벼드는 신교 무인들을 모조리 쓸어버리고서 아연을 데려갈 생각이었다.

그러나 운명은 그런 나의 예상을 철저히 비웃어 버렸다.

호교총사라는 말도 안 되는 직책과 함께 마황과의 어정쩡한 관계.

빨리 벗어나고 싶었다.

괜히 이곳에 정들면 정말 신교의 호교총사가 될 것만 같았다.

"말씀드렸듯이 오늘 아연과 떠날 것입니다."

아연을 찾았다.

그리고 이제는 아버님과 스승님을 찾아야 했다.

누가 보면 불효자식과 스승의 은혜도 모르는 후레자식이라 말하겠지만, 그때는 그랬다.

아연밖에 보이는 것이 없었다.

"갈 때가 됐으면 가야지. 그래, 잘 가게. 아마 호교총사가 중원에 도착할 때쯤이면 중원은 한바탕 난리가 끝나 있을 것이야."

입가에 묘한 미소를 머금고 있는 신선 같은 마황.

어차피 예상했던 바였다.

"아연, 준비는 다 되었소?"

"호호. 저는 가가만 있으면 돼요."

장강에서 배를 타고 달을 따던 옛 모습으로 돌아온 아연.

비록 내가 전수해 준 군림무연심공을 이제 연마하여 내공이 일천하지만 어느새 아연의 눈에서 선한 정광이 느껴져 왔다.

'아연…….'

사랑스럽기만 한 아연.

소수마공의 부작용으로 머리칼이 하얗게 탈색되어 있었다.

하지만 아연은 절대 그 모습을 부끄럽게 생각하지 않았다.

아니, 나조차도 그런 아연이 너무 사랑스러웠다.

세상에 하나뿐인 나의 어여쁜 제비.

그 어떤 모습이라도 상관없었다.

내 품 안에서 행복할 수만 있다면…….

"애야, 준비 다 되었느냐?"

"명!"

갑자기 마황이 천마광풍대의 대주에게 준비가 다 되었냐고 물었다.

"그래, 그럼 가거라. 혹시라도 호교총사가 딴 여인에게 눈이라도 돌리면 알지?"

"혈명!"

'엥?'

갑작스러운 마황과 천마광풍대 대주 사이에 오고가는 이야기.

처저적.

만마전에 열 명의 천마광풍대 대원들이 간편한 여행용 장포를 걸치고 나타났다.

"아연이를 호위할 애들이야. 잘 쓰고 데려다놓게."

"호호. 감사합니다, 아버님."

뭐라 말을 하려는 순간 감사하다는 말을 건네는 아연.

입맛을 다셨다.

아연과 호젓하게 중원을 여행하고 싶었건만 열 명의 그림자가 따라붙어 버린 것이다.

"그럼 잘 가게. 호교총사에게 얻어맞은 자리가 욱신거려서 이만 쉬어야겠네."

축객령을 내리는 마황 구천마검.

이미 내상이 다 나았다는 것을 알고 있건만 끝까지 엄살을 부리고 있었다.

"그럼 다음에 뵙겠습니다."

하지만 마황의 따스한 마음이 느껴졌기에 고개를 숙였다.

중원.

이제 애증의 땅으로 돌아갈 시간이 온 것이다.

第九十一章 화산혈풍

화산지애

　　　쩌저저정.

"크악!"

"이, 이게 도대체 무슨 일이란 말인가!"

일진광풍이 휘몰아치는 대화산.

화산파가 자랑하는 육합검진과 십방매화검진이 난입한 괴
인에 의하여 박살이 나버렸다.

다행히 쓰러진 매화검수들이 피를 흘릴지언정 죽지는 않
았다.

저벅저벅.

선천관과 매화관을 돌파하고 이제 화산 본산.

봉문 선언에 모여든 매화검수들 수백여 명이 모두 쓰러졌다.

딱 두 시진.

그것도 괴인의 발걸음이 화산에 오르는 속도에 불과한 시간이었다.

"으으으……."

이를 갈며 비틀거리면서 일어나는 매화검수들.

다들 내상을 입었지만 상처 입은 맹수처럼 검을 치켜들고 괴인의 뒤를 따랐다.

"멈추시오!"

그리고 등장한 화산파 장문인과 장로들.

본산의 대연무장에서 분노에 찬 눈으로 괴인을 노려보고 있었다.

뚝.

장문인 육손평의 명에 멈춰 선 괴인.

손에 들고 있는 싸구려 장검이 매섭게 빛을 뿜고 있었다.

"봉문한 본 파를 우롱하는 그대는 누구인가!"

싸늘한 정광을 뿌리는 육손평.

"하하하, 하하하하!"

장문인 육손평의 물음에 괴인은 활짝 웃음을 터뜨렸다.

"이, 이자가!"

참을 수 없는 치욕.

장로들의 눈동자에 핏기가 솟구쳐 올랐다.

파스스스스.

장로들이 대놓고 진기를 끌어올리자 사방의 쌓인 눈들이 사방으로 비산하였다.

"어차피 그대의 죄는 목숨으로 갚아야 하는 것. 긴 말이 필요없을 것 같구려."

이미 상대를 죽이기로 마음먹은 육손평.

창!

화산의 보검인 오행매화검이 세상에 날카로운 육신을 드러냈다.

"발진!"

화산파 장문인과 장로들이 펼치는 십방매화진.

이번 신교 발호 때도 펼쳐지지 않았던 화산 장로 급들의 십방매화진이 펼쳐졌다.

휘리리리리리리링.

어느새 십방을 완전히 차단한 육손평과 장로들.

눈들이 미친 듯이 소용돌이를 일으켰고, 이내 눈발 속으로 괴인과 장문인, 장로들이 사라져 버렸다.

"……."

모여든 수백 명의 화산 매화검수들.

떨리는 눈동자로 주먹을 움켜쥐며 피 말리는 결투를 지켜보았다.

단 한 사람으로 인하여 화산이 무너질 수도 있는 상황.

파바바밧.

하지만 진기의 폭풍에 고수들의 모습은 보이지 않았다.

"매화검환!"

순간 육손평 장문인의 내공 담긴 묵직한 음성이 사방에 울려 퍼졌다.

휘리리리리리리링.

회오리쳐 휘날리는 눈발들이 화산 고수들이 펼치는 진법에 따라 매화 모양으로 변하였다.

아니, 매화검환의 진법에 갇혀 검진과 한 몸이 된 설매화.

중심에 선 괴인을 향해 폭사해 갔다.

설매화의 꽃잎 한 장이라도 몸에 맞는 순간 중상을 입는 검화.

"아!"

"오오!"

매화검수들의 입에서 터져 나오는 탄성.

그 누가 있어 화산의 최고고수들이 펼치는 검화를 막을 수 있단 말인가.

"하하하!"

그때 갑자기 우렁찬 웃음을 터져 나왔다.

팟!

어떻게 했는지 순식간에 설매화의 검화 사이를 뚫고 허공오 장여로 치솟는 괴인.

쉬리링.

싸구려 장검이 허공을 베어갔다.

휘리리릭.

그리고 피어나기 시작하는 꽃잎.

"저, 저것은!!"

"허억!"

제대로 숨도 쉬지 못하는 매화검수들.

육손평과 장로들이 펼치는 검화에서는 절대 맡을 수 없었던 검향.

화산의 밤을 잠 못 들게 만드는 봄날의 매화향이 괴인이 만든 검화에서 흘러나왔다.

심검의 경지를 깨달아야만 피어나는 진매화의 검향.

쉬리리리리리리링.

허공에서 하늘하늘 피어나던 매화꽃이 그대로 화산파 고수들이 펼치는 검진 위에 떨어져 내렸다.

심검으로 피어난 백팔매화.

퍼버버버벙.

"크아아악!"

"크헉!"

"켁!"

울려 퍼지는 비명.

쿠당탕!

검진의 반탄지력에 튕겨져 나가는 십 인의 고수들.

입에서 붉은 선혈을 한없이 게워내었다.

몇 달을 정양해야 하는 지독한 중상.

하지만 널브러진 육손평과 장로들은 어느새 얼굴이 변한 괴인의 모습에 비명 같은 신음을 흘려내었다.

"대, 대사형!"

그러했다.

싸구려 장검을 들고 냉정한 모습으로 대지에 착지하는 괴인.

그는 바로 화산제일고수 자광 진인이었다.

"일어나라! 화산의 죄인들아!"

쿠구구궁.

엄청난 분노와 내공이 뒤섞인 자광의 외침.

"크윽……."

피를 흘리며 장문인과 장로들이 모두 일어섰다.

대사형은 사부와 같은 존재.

감히 죽지 않은 이상 주저앉을 수 없었다.

"자융은 앞으로 나오라!"

화산파 장문인 육손평의 도호를 호명하는 자광 진인.

"자융이 대사형을 뵙습니다."

아무리 장문인이라 하더라도 사형의 그림자는 화산의 커다란 바위와 같았다.

촤악!

자융을 향해 일검을 날리는 자광 진인.

서걱.

퍼더더덕.

"헉!"

"……."

화산파 장문인의 왼손이 순식간에 잘려 나갔다.

콸콸콸.

쏟아지는 핏줄기.

하지만 장문인 육손평은 신음 한 번 흘리지 않았다.

차라리 시원하다는 표정을 짓는 육손평.

"대화산파를 책임지는 장문인으로서 진실을 보는 눈이 어두워 오늘 같은 참상을 만들어낸 자융을 오늘부로 장문인 직에서 박탈한다!"

엄청난 자광 진인의 선언.

"대사형의 명을 받사옵니다!"

두말없이 육손평은 고개를 숙이고 명을 받았다.

"그, 그럴 수는 없습니다. 장문인을 결정하는 것은 선대장문인의 불가침의 권한입니다."

피를 토하면서도 불가하다 말을 꺼내는 선천암의 암주 자명 진인.

"그렇습니다! 아무리 자광 장로님이 화산파 최고 배분이라 해도 문파의 규율과 전통을 마음대로 바꿀 수는 없습니다."

자명의 외침에 동조하며 앞으로 나서는 수십 명의 매화검수들.

그들의 선두에는 육손평의 아들 육검웅이 있었다.

"흐흐흐흐."

사제 자명과 매화검수들을 바라보는 자광 진인이 비릿한 살소를 날렸다.

파바밧.

폭풍같이 이는 기세.

하지만 옳은 말을 하는 자신들을 어찌하지는 못할 것이라 생각하고 물러서지 않는 자명과 매화검수들.

"네놈들이 화산의 명예를 팔아먹은 개새끼들이로구나."

감히 대사형인 자광 앞에 나서지 못하는 장로들.

자광 진인의 말이 무슨 말인가를 생각하였다.

"무, 무슨 말씀이십니까? 어찌 저희가 화산의 명예를 팔아 먹었다 말씀하시는 것입니까!"

자명이 사형 자광의 말에 놀라 벌벌 떨리는 입으로 항변하였다.

"자명, 화산을 팔아먹은 사사혈궁의 개!"

팟!

말이 끝나기도 전에 이는 짧은 빛의 그림자.

"컥……."

어느새 이마에 주먹만 한 구멍이 뚫린 자명.

자신의 죽음이 믿기지 않는 듯 입을 벌리고 천천히 쓰러지는 자명.

쿵.

그것이 끝이었다.

대화산파 장로 신분이었건만 너무나 허망한 죽음.

"헉!"

자명의 죽음에 신음을 터뜨리며 뒤로 물러서는 육검웅과 수십 명의 화산 제자들.

어느새 피 묻은 자광의 검이 자신들을 향해 있었다.

"청운회라는 사조직을 만들어 화산의 이름을 더럽힌 화산의 더러운 사생아들! 네놈들이 갈 곳은 오직 하나!"

자광 진인은 미쳐 있었다.

사랑하는 이를 선택하는 순간 화산의 이름에 누가 될까 봐 송구한 마음으로 얼굴과 이름까지 바꿔 살았던 자신.

그런데 더러운 개자식들이 화산의 고귀한 이름에 똥칠을 하였다.

참을 수 없는 분노.

사제 육손평의 아들 육검웅을 비롯한 칠십이 명의 매화검수들.

"오직 염라대왕 앞이다!"

팟!

자리를 박차는 자광 진인.

"으아아아!"

"피, 피해라!"

놀라 도망치는 육검웅과 청운회 소속 매화검수들.

광검(狂劍)으로 변한 자광의 검이 먹이를 노리는 맹수가 되어 그들의 뒤를 따랐다.

퍼벅.

촤아악!

서거걱!

피가 튀었다.

그리고 죽었다.

공포에 젖어 상상도 못했던 죽음.

분노한 화산의 검에 그렇게 화산의 쓰레기들이 피를 흘리며 죽어갔다.

자신들의 죄가 죽을 정도의 죄였던가를 생각하면서······.

퍼버벅!

"컥······."

마지막까지 살아서 도망가던 아들의 심장에 칼이 꽂혔다.

수북이 쌓인 설화 위에 핀 붉은 홍매화.

육손평은 눈을 감았다.

오늘 같은 날이 올 줄 알고 있었다.

화산을 좀 먹는 존재가 자신의 아들이었음을 알고 있음에도 피붙이라는 이름으로 지금껏 참았다.

하지만 화산은 그들을 용서하지 않았다.

휘청.

팔이 잘리고도 혈도를 짚지 않았기에 마지막 한 방울의 피까지 홍건하게 바닥을 적셨다.

빙글, 세상이 돌았다.

그리고 육손평은 이제야 자신을 평안하게 안아주는 화산에 몸을 뉘였다.

'화산아······. 화산아······.'

감긴 눈동자를 스치고 지나가는 화산에서의 길고 긴 추억.

육손평의 입가에 편안한 미소가 지어졌다.

행복했던 화산에서의 짧은 인생.

이제 안녕이었다.

화산아, 안녕…….

"쫓아라! 단 한 놈도 살려두지 마라!"

"도, 도망쳐라!"

"으아아아! 살귀들이다!"

"크아아악!"

구의련이 있는 낙양.

무림맹 지부 중 가장 큰 낙양 지부였던 곳.

피바람이 불었다.

붉은 혈포를 걸친 사사혈궁의 무인들이 도망치는 일만의 중원 무인들의 배에 칼을 쑤셔 넣었다.

그리고 한 가닥 희망을 가지고 모였던 정파 무림인들은 피를 토하며 도망쳐야 했다.

상대가 되지 않았다.

믿었던 구파의 수장들이 대부분 도망가고, 남은 이는 무당파와 몇몇 문파의 장로들.

모두 처참하게 죽었다.

무당파 장문인과 사백여 무당 제자들이 피를 흘리며 낙양 지부의 대지에 쓰러졌고, 그 뒤를 이어 어미 잃은 양 떼 같은 무인들이 몸을 포갰다.

"크하하하하하! 모조리 죽여라! 모조리!"

황금 나비 가면을 쓴 사사혈궁의 금황호접대.

곳곳을 누비며 항전을 벌이던 무인들을 골라 죽였다.

파죽지세.

독 안에 든 쥐처럼 사방을 포위한 사사혈궁의 고수들은 도망치려는 무인들을 모조리 죽여갔다.

"호호호."

일단의 금황호접대의 호위를 받으며 나타나는 인물.

혈무궁의 군사인 혈천귀뇌가 작은 눈을 빛내며 피바다를 감상하였다.

'구의련까지 정리되었다. 만천과해와 금선탈각의 계책이 끝나면 이제 연환계도 마무리된다.'

지금쯤이면 남경에 모인 무인들 중에서 죽일 자와 살릴 자를 판별하고 있을 것이었다.

그리고 사사혈궁의 고수들을 새로운 세력으로 바꾸고, 혈무궁의 조무래기들을 사사혈궁의 고수들로 위장하여 정리하면 모두 끝이 난다.

드디어 제갈세가가 무림을 영도하는 위대한 시대가 열리

는 것이다.

'쯧쯧. 뭐 하러 여기까지 기어나와서 죽어? 바보 같은 놈.'

온몸에 십여 개의 긴 검상을 입고 쓰러져 있는 무당파 장문인 운공 진인.

억울했는지 눈을 감지 못한 채 죽어 있었다.

"모두 끝났습니다."

계획대로 수천 명의 무인을 살려 보내었다.

살아남은 자들로 인하여 찾아올 무림의 혼란.

그 혼란을 제압하고 등장할 전 무림맹주 독고유천, 아니, 세가명 제갈유검.

자신의 조카가 새로운 무림 황제로 등극할 것이었다.

"철수한다. 흔적을 남기지 말라."

"존명!"

차가운 혈천귀뇌의 명령.

힘차게 존명을 외치며 금황호접대의 고수가 사라졌다.

'마황 구천마검이 무림 일에 관여하지 않겠다고 약속했다. 흐흐흐. 큰형님이 큰일을 해내셨어.'

백년대계를 위하여 세상에 흩어져 살았던 제갈세가의 직계들.

이제 한 자리에 모일 날도 얼마 남지 않았다.

'하수옥, 그 계집이 도망친 것이 꺼림칙하지만 그년이 아무리 말해봐야 누가 믿어주겠나. 호호호호.'

혈무궁 순찰사자인 하수옥의 탈주.

청해로 향하던 그녀의 행방은 돌연 묘연해져 버렸다.

그러나 하수옥 하나로 무너질 대계가 아니었다.

혈천귀뇌는 수없이 널브러진 시체를 바라보며 발길을 돌렸다.

자기가 해야 할 마지막 일이 아직 남아 있었다.

금선탈각의 계책.

매미가 허물을 벗고 도망치듯 이제 사사혈궁의 고수들은 사라져야 하는 것이었다.

허물인 혈무궁의 잡졸들을 남겨놓고서.

"하하하."

"호호호호……."

중원으로 돌아오는 길.

마황의 직속 호위대인 천마혈풍대원들이 마부가 되고 시종이 되었다.

바쁠 것 하나 없는 상황.

중원으로 돌아오는 길에 유명하다는 경관을 보고, 먹을 것들을 먹으며 편안한 여행을 하였다.

"가가, 그때가 생각나시나요? 장강에서 수로투왕 공승필을 죽이겠다고 뱃전을 박차고 나서던 그때 말이에요."

"물론 생각나지. 잘못했으면 장가도 못 가고 장강의 총각 귀신이 될 뻔했지. 이제 다시는 그런 짓은 하지 않을 것이야."

"피이, 거짓말. 가가를 이길 자가 없으니 그런 말이 나오는 거잖아요. 능구렁이!"

"흐흐흐. 이렇게 잘난 능구렁이 봤어?"

"어머! 간지러워요."

아연의 옆구리를 간질였다.

"아얏……."

몸을 비트는 아연.

순간 아연의 가슴에 얼굴이 닿았다.

부끄러워 작게 소리치는 아연.

굵은 팔로 도망치려는 아연의 허리를 움켜쥐었다.

"아이……."

얼굴을 사르르 붉힌 아연이 비음을 흘렸다.

"사랑해. 나의 어여쁜 제비……."

"저, 저도요……."

사랑한다는 말에 반항을 포기하는 아연.

향기가 났다.

한 번 맡으면 영원히 잊을 수 없는 내 여인의 내음.

쪽.

오르락내리락 심한 기복을 보이는 아연의 가슴 위로 입맞춤을 하였다.

"공자님, 난주성이 보입니다."

그때, 나와 아연을 따라온 천마광풍대 대주 장천영이 마부석에서 난주성이 보인다고 전해왔다.

"난주성이에요! 가가의 고향이에요."

나보다 더 좋아하는 아연.

나에게서 몸을 빼더니 마차의 창문 휘장을 벗겨냈다.

그리고 보이는 난주성.

고색창연하면서도 위풍당당한 난주성이 보이자 마음이 포근해졌다.

"가가, 우리 난주성에서 살아요. 아버님 모시고 가가는 상단을 운영하고, 전 아이들을 키우고……. 생각만 해도 행복해요."

누가 저 사랑스러운 여인을 신교의 신녀라 생각하겠는가.

하얗게 변해 버린 머리칼을 단정히 묶고 창밖의 풍경에 빠져 있는 아연.

그녀를 뒤에서 조용히 안아주었다.

"그러자. 우리 난주에서 알콩달콩 살자."

"그래요. 우리 저곳에서 살아요."

두두두, 두두두.

어느새 도착한 난주성.

신교의 교주가 사용하는 만년묵철로 만들어진 마차가 난주 성문을 통과하였다.

"아연, 내가 난주에서 제일 맛있는 주루에 데려다 줄게. 아마 한 번 맛보면 매일매일 먹고 싶을걸."

"정말요? 호호, 좋아요."

나와 함께라면 언제나 행복한 아연.

한 번 빠지면 헤어 나올 수 없는 맑은 그녀의 눈동자.

영원히 나는 그녀의 포로일 수밖에 없었다.

第九十二章 천무가

화산지애

"도착했습니다, 공자님."

중원에서 호칭은 공자로 통일하라는 말을 충실히 지키는 천마광풍대.

대주 장천영이 마차의 문을 열었다.

"아연, 조심히 내려."

"피이, 내가 애인 줄 알아요."

마차에서 내려 손을 잡아주자 가볍게 앙탈을 부리는 아연.

번쩍 아연을 안았다.

"어머머! 사, 사람들이 봐요."

부끄러워 소리치는 아연.

그런 아연을 안아 조심스럽게 바닥에 내려놓았다.

"당신은 언제나 내 소중한 아이야."

"……."

얼굴을 사르르 붉히는 아연.

그녀의 손을 잡고 장보대주점을 향해 눈을 돌렸다.

우당탕.

'응?'

그 순간 장보대주점의 문이 부서질 듯 열리며 두 사람이 여러 무인들에게 끌려 나왔다.

'아운! 장씨 아저씨!'

놀랍게도 장한들에게 끌려 나오는 것은 장보대주점의 주인인 장씨 아저씨와 아우 장아운이었다.

"호호호. 오늘부로 네놈들은 이곳의 주인이 아니다."

"무, 무슨 말이더냐! 이 도적놈들아!"

분해 소리치는 장씨 아저씨.

"오늘부로 이곳 장보대주점은 천무가의 난주지부장이신 전 무당파 제자이신 단소운 공자님의 소유가 되었다."

제법 무공을 수련한 자들이 처음 들어보는 천무가(天武家)라는 단체명을 사용하였다.

'무당파 제자인 단소운이 언제 천무가라는 단체에 가입했

단 말인가?'

무당의 규율 또한 화산 못지않게 엄격하여 기사멸조의 죄를 방관하지 않았다.

그런데 무당의 진산제자인 단소운이 천무가의 난주지부장이 되었다 하였다.

'이놈들이!'

기분 좋게 발을 디딘 고향 땅.

분노가 끓어올랐다.

"헤헤. 이곳입니다요, 지부장님."

"오! 수고했소, 담 총관."

"충!"

아운과 장씨 아저씨를 비웃던 무인들이 웃음을 터뜨리며 나타나는 두 사람을 향해 충을 외쳤다.

스윽, 고개를 돌렸다.

그 순간 호위 무인들 십여 명을 이끌고 나타난 두 사람.

나와 눈이 부딪쳤다.

'단소운! 담평령!'

놈들은 나를 알아보지 못했다.

탈태환골한 후에 변한 육체와 역골공을 살짝 펼쳤기에 알아보지 못했다.

다만 살포시 내 뒤에 숨어 있는 아연을 향해 눈을 빛내고 있었다.

"지부장님, 일을 처리했습니다."

"수고했다."

부하들의 보고에 고개를 끄덕이는 단소운.

가슴에 황금빛 실로 천(天) 자가 새겨져 있었다.

"억울해하지 말거라. 너희들의 희생을 바탕으로 사사혈궁과 사파 놈들을 물리치고 중원에 평화를 가져올 것이다. 그때까지 잠시 이곳을 천무가의 임시 객관으로 사용할 것이다."

예전에는 아운과 장씨 아저씨에게 형님과 작은 아버지라 부르며 아부 떨기 바빴던 담평령.

차가운 눈초리로 그들에게 반말을 사용하였다.

얼마 전에는 금화련의 개가 되어 있더니, 오늘은 단소운의 개가 되어 있었다.

"그런데 너희들은 누구더냐? 천무가 소속의 무인들이 아닌 것 같은데 검을 소지하고 있다니? 증패는 있느냐?"

의심의 눈초리를 보내는 단소운.

무당파 제자다운 정기는 찾아볼래야 찾아볼 수 없었다.

찌릿.

감히 나에게 의심의 눈초리를 보내자 순간 살기를 피워내는 천마광풍대.

손을 들어 그들을 말렸다.

"하하하. 세상이 어찌 돌아가려는지. 도의는 길가의 돌멩이보다 못하고 대문파의 제자는 도적놈이 되었구나. 참, 알다가도 모를 세상이야."

"뭣이! 네놈은 누구냐! 대천무가의 난주지부장인 나를 비웃다니!"

천무가의 난주지부장을 강조하는 단소운.

씨익, 미소를 지었다.

"쯧쯧. 무림은 언제나 개새끼들 천지군."

"뭐, 뭐라고! 이놈이!"

창!

검을 빼어 드는 단소운.

차자장.

그 뒤를 이어 십여 명의 무인들이 검을 뽑아 들었다.

파바밧.

그 순간 숨어서 나를 따르던 천마광풍대의 대원들이 본 모습을 드러냈다.

"헉!"

놀라는 단소운과 무인들.

기운을 드러낸 천마광풍대가 고수라는 것을 직감한 것이었다.

"고, 고인은 누구십니까⋯⋯."

그제야 사태를 파악하고 덜덜 떨리는 목소리로 입을 여는 단소운.

담평령은 쥐새끼 같은 눈으로 도망갈 곳을 찾고 있었다.

"죽지 않을 만큼 패서 데려와라."

"존명!"

긴 말이 필요없었다.

"하하. 주인장, 영업 안 합니까?"

"네? 네에……. 어서 들어오십시오."

놀란 장씨 아저씨와 아운이 황급히 일어나 나를 안내하였다.

퍼버버벅.

"크아아악!"

"켁!"

투다다닥.

뒤이어서 들려오는 돼지 멱따는 비명.

무당파 장로가 와도 천마광풍대에게는 어림도 없었다.

하물며 담소운 이하의 그 떨거지들이 상대할 수 있을 리는 없었다.

'쓰레기 천지군.'

내가 없는 몇 달 동안에 달라진 무림.

악취가 진동하고 있었다.

천무가(天武家).

사사혈궁의 갑작스러운 발호.

무림맹이 분열되기를 기다렸다는 듯 사사혈궁의 정예들과 유령문의 구유혈천강시가 오대세가의 연합인 정천맹을 피바다로 만들어 버렸다.

그리고 삼백 년 만에 세상에 나타난 한을 풀기 위한 듯 파죽지세로 구의련을 수호하던 무당파 장문인과 수천 무림인들을 처참히 죽여 버렸다.

순식간에 정파 무림을 초토화시킨 사사혈궁.

중원 무림은 숨을 죽였다.

잔인하기 그지없는 손속으로 귀명첩을 날려 정사파의 유서 깊은 백여 개 문파의 씨를 말려 버렸다.

피가 강을 이루고, 시체가 산을 이루는 대참사.

불과 한 달 만에 벌어진 혈사였다.

그러던 어느 날,

사분오열된 무림맹을 전격으로 해체하고 남경에 은거해 있던 전 무림맹주 독고유천.

울부짖으며 모여드는 무림인들의 피 끓는 외침에 의로운 검을 들었다.

사사혈궁을 상대하기 위하여 더러운 무림의 과거를 청산

하고, 영원히 정과 사가 하나 되는 대연합을 주장하였다.

그리하여 탄생된 천무가.

천무가 안에서는 정과 사 모두가 가족이었다.

그러한 외침에 조용하던 소림이 동조를 하는 순간 엄청나게 세를 불렸다.

과거 무림맹의 중심이었던 구파 중 청성과 점창, 곤륜과 종남파가 자존심을 버리고 천무가 일원으로 들기를 청하였다.

거기에 사사혈궁에 처절한 패배를 맛보았던 오대세가 중 남궁세가를 비롯한 나머지 사대세가와 정파 무림 이백오십여 문파와 사파 백일흔두 개 문파가 천무가의 가신으로 입가하였다.

순식간에 어마어마한 세를 불린 천무가.

무림맹 총군사인 제갈담운의 지략과 독고유천의 가공할 무위로 사사혈궁 무리들을 곳곳에서 패퇴시키고, 마침내 무림맹이 있던 무한으로 놈들을 몰아세울 수 있었다.

천무가주령이라는 무림맹주보다 더한 절대의 권력을 쥔 독고유천의 명으로 검을 든 모든 무인들은 천무가에 가입을 명했다.

사사혈궁의 마귀들을 색출하기 위하여 내려진 천무가주령.

온 무림인들이 그의 명을 따랐다.

사사혈궁의 마귀들이 벌인 참혹한 혈사에 이것저것 생각할 여유가 없었던 전 무림인들이 어느새 자신들도 모르게 곳곳에 세워진 천무가 지부에 가입을 하였다.

만약 가입되지 않고 증패를 소지하지 않은 자는 사사혈궁과 관련이 있는 자로 판단하여 즉참을 하였기에 생각할 겨를이 없었다.

천무가주령이 내려진 지 벌써 한 달째.

가주령의 명에 따라 온갖 혈사에서 살아남은 수만의 무림인들이 무한으로 몰려들었다.

천무가가 등장하는 순간 지리멸렬 패퇴하는 사사혈궁의 모습에 용기를 얻은 것이었다.

더욱이 천무가의 초대 가주 독고유천이 선봉에 서는 사사혈궁 대토벌 작전.

그동안 당하고 살기만 했던 무림인들이 아니 갈 수 없었다.

"푸하하하! 재밌어, 아주 재밌어."

훤히 들여다보이는 제갈세가의 음모.

하늘을 가리고 바다를 건넌다는 만천과해의 수법에 매미가 허물을 벗어 위기를 벗어난다는 금선탈각의 계책을 펼치고 있었다.

무림맹을 둘로 나누어 사람들에게 혼란을 안겨주고, 사사혈궁이라는 무식한 살육자들을 보내어 일순간 중원 무림을 공포에 몰아넣은 제갈세가.

때맞추어 무림을 구할 영웅인 독고유천을 앞장세워 물에 빠져 지푸라기도 잡고 싶은 무림인들을 선동하였다.

거기에 소림을 장악하고 있음이 분명한 도원 선사가 천무가의 손을 들어주어 생각있는 자들의 사고를 마비시켜 버렸다.

'이제 남은 것은 사사혈궁 무인으로 가장한 쓰레기들과 자신들이 다루기 껄끄러운 자들을 한꺼번에 정리하는 상옥추제(上屋抽梯)의 계책인가.'

반병신이 되어 끌려온 단소운과 담평령이 묻지도 않은 이야기까지 다 꺼내었다.

그리하여 파악된 무림 정세.

제갈담운이 천뢰옥에서 지껄였던 말들과 일맥상통하는 상황이었다.

"살, 살려주십시오. 제발……. 목숨만."

"크으……. 대인, 제발 목숨만은……."

더럽고 역겨웠다.

담평령이야 본래 성품이 그러하다 치더라도 무당파의 진산제자인 단소운은 그러면 아니 되었다.

무당파 장문인을 비롯하여 무당파의 정영 수백 명이 사사혈궁을 막아서다 장렬히 산화했건만, 복수 대신 천무가의 개가 되었다.

물론 제 딴에는 천무가를 택하여 복수를 할 수도 있다지만, 보아하니 그동안 난주에서 천무가의 위세를 믿고 재산 축적과 악행을 일삼았다고 하였다.

타락한 정파 제자.

본래부터 사악한 사파 놈들보다 더 나쁜 놈이었다.

"잡혀온 자들 모두 단전을 파하고 사지근육을 절단하여 저잣거리에 끌어내거라."

"존명!"

"으아아아! 차라리 죽여라! 잔인한 놈 같으니라고!"

내가 당한 그대로 돌려주자 악을 쓰는 단소운.

짧은 기간 동안 천무가를 믿고 악행을 저질렀기에 돌에 맞아 죽을지도 몰랐다.

"네놈들을 신장천왕 독고 가주가 용서하지 않을 것이다! 천무가가 나를 위해 복수를 해줄 것이다!!"

아직도 미혹해서 깨어나지 못한 단소운.

죽어봐야 자신이 저지른 죗값을 알 것이었다.

"대인! 대인! 소인은 아무 잘못도 없습니다요! 소인은 장사치에 불과합니다요!"

끌려가며 악독함을 보이는 단소운과 달리 마지막까지 살

려달라 애원하는 담평령.

"내 죄는 죽어서야 갚을 수 있는 죄. 평령아…… 다음 생에는 착한 짐승으로 태어나거라."

한때 나와 형 아우 사이였던 담평령.

본 목소리로 전음을 날려주었다.

평소 담평령을 불렀던 다정한 목소리.

"다, 당신은……"

그제야 나를 알아보는 담평령.

퍼버벅!

하지만 그것이 끝이었다.

내가 내린 명령이라면 황제라도 끌고 올 천마광풍대가 담평령의 마혈과 아혈을 짚어버렸다.

그리고 질질질 끌고 나갔다.

비명도 지르지 못하게 마혈과 아혈이 짚힌 채로 죄인들은 죗값을 치를 것이었다.

"가가……"

조용히 모든 것을 지켜보고 있던 아연이 나를 조용히 불렀다.

"차라리 죽는 것이 죄를 덜 짓는 이들이 있다오. 살아서 억겁을 닦아도 닦을 수 없는 죄를 짓는 것보다 빨리 죽는 것이 더 나은 이들……. 그들을 이제 나는 용서치 않을 것이오."

화산을 벗어나 무림에 들어서는 순간 맛보았던 수많은 악행들.

썩은 살점을 놔두면 온몸이 썩어버리는 것처럼 당금의 무림은 썩은 자들 천지였다.

이제 그런 살점들을 누군가는 나서서 도려내야 할 때였다.

"감축드립니다, 아버님."

"감축드리옵니다, 할아버님."

"허허, 아직 대계가 다 끝나지도 않은 것을……."

중원을 통일한 몇몇 황조들의 수도였던 남경.

그런 남경성의 외곽에 자리 잡아가는 거대한 고루거각들.

정과 사, 전 무림을 아우르는 천무가를 위한 대공사가 시작되고 있었다.

천무가가 결성이 되자 기다렸다는 듯 자금이 쏟아져 들어와 무한의 무림맹보다 두 배나 더 큰 천무가.

천무가의 초대 가주인 독고유천의 집무실에서 웃음소리가 흘러나왔다.

가주가 거주하는 곳에 펼쳐진 절진과 기관, 사사혈궁의 무인들에서 이제는 천무가의 무인으로 탈바꿈한 절정고수들 수백 명이 철저하게 주변을 감시하고 있었다.

그렇기에 처음으로 가면을 벗고 웃음을 터뜨리는 제갈세

가의 세가원들.

소림사를 접수한 백팔무왕 도원 선사와 무림맹 총군사인 제갈담운, 그리고 신교의 마뇌로 불리던 제갈담성, 혈천귀뇌 제갈담용, 마지막으로 천무가주 제갈유검.

모두들 만면에 웃음을 짓고 있었다.

며칠 후에 출발할 사사혈궁 토벌대.

이제 무한에 모여든 가짜 사사혈궁 무리들만 토벌하면 모든 것이 끝이었다.

"이번 토벌대에는 저희 천무가에 필요없는 강한 무인들을 선봉에 세울 것입니다. 하지만 청성과 점창의 장문인처럼 이용해 먹을 수 있는 놈들은 모조리 금혼단을 먹여 저희 사람으로 만들어두었습니다."

제갈담운이 아버지인 도원 선사를 향해 자신이 추진하고 있는 일의 진행 상황을 밝혔다.

"저 또한 혈황 노릇을 하고 있는 음면수라를 비롯한 마두들과 혈무궁에서 필요없는 자들을 모조리 무한의 무림맹에 집결시켜 두었습니다. 미혼독과 계집들에 취해 놈들은 지금 제정신이 아닙니다. 흐흐흐."

혈무궁의 두뇌였던 혈천귀뇌가 사악한 웃음을 지었다.

혹시 알아볼 자가 있을까 봐 역골공을 사용하여 청수한 인상으로 변모한 혈천귀뇌와 마뇌.

둘은 이미 제갈세가에서 파견한 세가원으로 소개되었다.

"할아버님이 명만 내리시면 백년대계의 끝이 날 것입니다. 속히 명을 내려주십시오!"

아직 혈기 방장한 제갈유검이 할아비인 제갈명성에게 명령을 내려달라 청하였다.

"허어, 드디어 가문의 수백 년 염원이 이루어지는구나."

자식들과 손자의 말에 감개가 무량해진 도원 선사.

아쉬울 때에는 현자의 가문이라 칭하며 꼬리를 흔들던 무식한 무림인들.

자신들의 볼일이 다 끝나면 제갈세가는 무식한 놈들의 냉대를 받았다.

하지만 제갈세가는 그런 놈들의 수모를 꿋꿋이 참아내었다.

언젠가 제갈세가가 무림을 지배하는 위대한 염원을 꿈꾸며 하루하루를 무림에서 버텼던 것이다.

그러던 어느 날 도원 선사의 아비인 제갈륜이 삼백 년 전에 천하를 재패했던 사사혈궁의 진전을 이었다.

그리고 시작된 백년대계.

아들인 제갈명성과 함께 십여 년에 걸쳐 방대한 대계를 세웠다.

모든 것을 그 계획에 따라 실행하였다.

결혼과 아이들의 출산.

그리고 무공 수련의 방법부터 성품까지 대계의 틀에 맞추어 제갈세가는 움직였다.

그리하여 오늘에서야 대계는 끝이 나고 있었다.

"이제 남은 것은 황권뿐입니다. 무림과 상권에 전력을 투입하는 사이 황실에 심어두었던 세력들이 제거되었습니다. 뭐, 별로 심한 타격은 아니었지만 황권도 이대로 놔둬서는 안 될 것입니다."

"황권뿐만 아니라 요즘 수상한 기류도 감지되고 있습니다. 잠잠하던 개방 놈들이 활발히 움직이고 있고, 남해검문과 북해빙궁을 비롯한 변방 대문파들이 무언가 계획을 꾸미고 있음이 파악되고 있습니다. 속히 일을 마무리하고 놈들도 처리해야 후환이 없을 것입니다."

"거기에다가 요즘 화산도 수상합니다. 심어놓았던 간자들에게서 모두 소식이 끊겼고, 은밀히 파악한 바로는 화산파 장문인을 비롯하여 수십 명의 매화검수들이 죽었다 합니다. 그리고 그 배후에는 화산파 제일고수라는 자광이라는 놈이 있다 합니다."

성공을 확신하면서도 긴장을 늦추지 않는 제갈세가의 두뇌들.

쥐를 노리는 고양이처럼 눈빛이 반짝였다.

"마지막 그 순간까지 절대 방심해서는 아니 된다. 황실과 전 무림을 손에 넣는 그날까지는 말이야."

모든 음모의 주재자답게 한 치의 실수도 용납하지 않는 백팔무왕 도원 선사로 불리는 제갈명성.

"명심, 또 명심하겠습니다."

오직 천하일통이라는 한 목표만을 위하여 살아온 제갈세가의 직계들이 고개를 숙였다.

아주 잘 그린 명화도 한순간의 방심에 쓰레기가 될 수 있다는 것을 너무도 잘 알고 있었다.

각오의 눈빛을 다지는 제갈세가원들.

그러나 무림은 아직 그들에 대하여 아무것도 몰랐다.

단 몇 사람을 제외하고서……

"화운룡이 그렇게 허망하게 잡힐 줄 누가 알았노."

"그러게요. 신룡검왕이 있었기에 조금 안심을 할 수 있었는데 말입니다."

"진작 놈들의 존재를 무림에 알렸어야 했는데……."

무한에서 얼마 떨어져 있는 황주의 어느 관제묘.

개방 전대 방주인 걸왕 화무개와 우내칠기 중 일인인 현묘자, 그리고 죽은 것으로 알려진 금화련의 련주 금황 차극렬이 인상을 팍팍 쓰고 있었다.

"아니, 그놈은 상인의 피를 이어받았으면서 어찌 그따위 손해나는 짓을 할 수 있단 말이오?!"

금화련에서 모습을 감추고 숨어 다녔던 까닭에 살이 많이 빠진 금황 차극렬이 화운룡을 성토하였다.

"말해서 뭐 하겠나. 죽은 자식 불알 만지기지. 휴우……."

걸왕이 한숨을 길게 내쉬었다.

"관상으로 보거나 천문으로 보거나 그놈이 죽을 운명은 아닌데……. 그것이 이상하단 말입니다."

현묘자가 눈을 지그시 감고서 안타까운 표정을 지었다.

"관상이고 뭐고, 어떻게 내공이 전폐당하고 혈도와 사지가 박살난 마당에 살 수가 있단 말입니까. 더군다나 천뢰옥은 입구부터 막혀서 꿈쩍도 하지 않는 상황에서 제 놈이 무신도 아니고 어찌 빠져나온단 말입니까."

화운룡이 등장하는 순간 고민하던 문제가 해결되나 싶더니, 갑자기 신교의 신녀와 도주를 하다가 무림맹에 자복하고 죽음의 길로 들어가 버린 화운룡.

금황이 아무리 생각해도 손해나는 장사가 분명했다.

"대화산파의 정기를 제대로 이어받았다면 그리하는 것이 정상이지. 나는 기억하고 있네. 수십 년 전에 화산파는 이러지 않았네. 만년바위처럼 듬직하기 그지없고, 그 검은 준봉을 빼닮아 의기가 하늘을 찔렀었지."

걸왕 화무개가 과거의 화산을 생각하며 감탄의 표정을 지었다.

"지금은 과거를 생각할 것이 아니라 현재를 생각해야 합니다. 화운룡이 죽은 마당에 누가 그 사악한 땡중 놈을 잡는단 말입니까."

"세상에, 누가 생각이나 했겠는가? 제갈세가의 늙은 구렁이가 소림에 자리를 잡고 있을 줄……."

금황의 말에 현묘자가 입맛을 다셨다.

어렴풋이 제갈세가가 소림을 비롯한 전 무림에 계략을 펼쳤다는 것은 알았다.

하지만 명확한 증거가 없는 상황에서 자신을 감추고 있는 제갈세가를 어찌할 수 없었다.

"그래도 다행히 남해검문, 보타암, 북해빙궁이 나서주었네. 여기에 개방, 그리고 자네들이 그동안 키워온 세력까지 합치면 한 번쯤은 기회를 노릴 수 있을 것이네."

"선배님, 기회를 잡는 것이 아니라 그 땡중을 누가 상대하느냐가 문제입니다. 선배님은 한 팔이 없는 상태고, 놈에게 당한 독을 치료하느라 내공의 진전도 그리 없는 상황. 그 누가 있어 그자를 상대한단 말입니까. 남해검문의 문주나 북해빙궁의 무공이야 선배님과 별반 다를 것이 없을 터인데 말입니다."

아버지 때부터 무림의 음모를 눈치 채고 걸왕과 손을 잡았던 금황 차문혁.

상인답게 현재 처한 문제점을 냉정하게 짚었다.

"그래도 그 땡중과 한 번 겨뤄볼 만한 사람이 있기는 있습니다."

그때 현묘자가 눈을 반짝이며 입을 열었다.

"그게 누군가?"

"그런 실력자가 있단 말입니까?"

궁금한 듯 걸왕과 금황이 급히 물었다.

"흐흐. 이번에 화산을 완전 피바다로 만든 그놈이 있지 않습니까. 담대무광, 그놈 말입니다!"

"아, 맞다! 그러고 보니 그놈이 있었군."

"쩝, 그래도 그 땡중 놈한테는 안 될 텐데요. 사사혈궁의 진전을 얻은 데다 사십 년 넘게 소림사에서 죽어라 무공만 수련한 놈인데……."

화산과 제일고수인 자광에 대하여 익히 알고 있는 세 사람.

그러나 마냥 넋 놓고 있을 수는 없었다.

이대로 가다가는 손 한 번 써보지 못하고 무림을 송두리째 넘겨줄 판이었다.

"그것보다 문제는 놈들이 무림맹에다 무슨 짓을 해놓았느냐인데, 그게 뭘까? 유령문의 구유혈천강시는 이미 써먹었고,

무언가 찝찝하단 말이야."

개방의 정보력으로도 알아내지 못한 무림맹의 비밀.

"글쎄요. 저도 그게 궁금하단 말입니다. 사사혈궁 놈들이 그리 약한 놈들이 아닌데 속절없이 밀려 무림맹으로 기어들어 간 것도 그렇고, 그놈들을 치겠다고 요란하게 선전을 하고 다니는 것도 그렇고 온통 수상한 것투성이입니다."

현묘자도 답답한 듯 고개를 갸웃거렸다.

"크으, 지금 이 시간에도 놈들이 내 피 같은 돈으로 천무가를 팍팍 세우고 있는데 이게 무슨 짓인지."

절박한 순간에도 돈부터 먼저 생각하는 금황 차극렬.

"걱정하지 말게. 돈이야 있다가도 없고, 없다가도 있지만 자네 큰아들 놈이 내 밑에 들어와 제자 수업을 받고 있지 않은가. 꿈과 희망을 가지게."

걸왕의 말에 얼굴을 한쪽으로 돌리며 인상을 쓰는 차극렬.

천하의 영웅을 찾으라고 세상에 내보낸 자식들.

붙여놓은 동영의 살수들의 보고에 의하면 큰아들놈은 살겠다고 개방으로 들어가 걸왕의 제자가 되어버리고, 외동딸과 둘째 아들놈은 화운룡이 죽었다는 것도 모르는지 황도에 가서 화운룡 아버지를 극진히 모시고 있다 하였다.

"휴우."

한숨만 나오는 금황 차극렬.

아무리 해도 자식 농사는 실패한 것 같다는 생각이 들었다.

"장 대주."

"부르셨습니까, 공자님."

짧은 부름에 살아 있는 눈을 반짝이는 천마광풍대의 대주 장천영.

"아직 중원에 대외총사가 이끄는 신교도들이 있지 않은가?"

"물론입니다. 대외총사는 각종 중원의 정보와 신교에 필요한 물품을 공급하는 중요한 조직이라 아직 철수하지 않았습니다."

"그래? 그럼 그들 중 쓸 만한 무인들을 추려내면 얼마나 되는가?"

익히 그들의 무위를 경험한 바가 있지만 얼마나 살아남았는지는 몰랐다.

"일급 이상의 교인들로 약 천여 명이 있습니다."

"천 명이라……. 그들 중 올 수 있는 최대한 많은 이들을 십 일 안으로 무한으로 불러들이도록 명하게."

"존명!"

의문이나 반대 같은 것은 없었다.

오직 존명만을 외치는 천마광풍대 대주.

신교의 또 다른 매력이었다.

웃음 속에 비수를 품는 중원과 다른, 오직 드러나는 힘만이 법인 신교.

매력적인 단체였다.

'제갈세가, 네놈들의 계획을 살짝 어긋나게 해주마.'

모든 것이 뻔히 보이는 상황.

이제 내가 놈들에게 갚아줄 차례였다.

아주 깊고 예리한 상처로 놈들의 백년대계를 철저히 부숴 버릴 것이었다.

'아연…….'

무림 일에 전혀 관여하지 않고 멀찍이 떨어져 흐르는 장강을 하염없이 바라보는 아연.

한 폭의 미인도가 따로 없었다.

다소곳이 팔짱을 끼고 흐르는 세월에 자신을 내맡긴 여인.

반짝이는 강물이 투명하게 그녀를 비추었다.

"아연……."

"네……."

내 부름에 고개를 돌려 살포시 미소 짓는 여인.

푸른 물결에 잠시 마음을 빼앗겼는지 눈동자는 촉촉하게 젖어 있었다.

"무얼 그리 생각하시오?"

"그냥요. 가가를 만나 행복했고, 아프게 이별하고 또 만나고 헤어지고… 그리고 오늘 이렇게 또 만나 흘러가는 장강의 물결을 보니 인생 또한 그런 것이 아닌가란 생각이 들어서요. 만나고 헤어지고…… 만나고 헤어지고……."

아직 어린 나이건만 삶을 깨달아가는 아연.

그녀를 가슴에 품었다.

"아연, 하룻밤 꿈같고 아침 이슬 같다 하여도 나는 이 순간이 가슴 벅차오. 내가 사랑하는 여인을 만질 수 있고, 그녀의 향기에 숨이 멎을 것 같은 이 순간. 이게 꿈이라면 내 꿈은 가장 행복한 꿈일 것이오."

"가가……."

아련히 들려오는 아연의 음성.

가슴에 품었던 그녀를 더욱 강하게 껴안았다.

"이 생이 다하는 날까지 이렇게 삽시다. 바람에 흔들리지도 않고 소리에 놀라지도 않으며 그렇게 삽시다. 내가 지켜주겠소. 당신과 나의 아름다운 꿈을."

스윽.

내 말을 들으며 허리를 안아오는 여린 팔.

그녀의 머리칼에서 화산의 매화꽃 향기가 풍겨오는 것 같았다.

마음의 고향 화산.

아연이 더 사랑스러운 것은 그녀가 언제나 나를 품어주는 화산을 닮아서인 것 같았다.

第九十三章 화산을 사랑하는 남자

화산지애

"사형, 지금 갈 곳 없는 무림인들이 하나둘
씩 화산으로 모여들고 있습니다. 계속 그들을 받아들여야 하
는지요."

피로써 일벌백계를 행한 자광 진인.

잠자던 화산이 벌떡 일어났다.

화산파 장문인이었던 육손평과 사사혈궁의 간세로 판명난
자명 진인, 그리고 육검웅을 비롯한 수십여 명의 매화검수들
이 죽임을 당하였다.

뼈까지 썩어 들어간 화산.

자광이 그 살점을 무참히 도려내었다.

그리고 깨어난 화산.

수십 년 전에 무림을 호령하던 화산파처럼 기상이 화산의 준봉처럼 변하였다.

"장문인이 알아서 판단하시게. 대화산파가 어떤 길을 가야 하는지는 말이야."

새로이 임시 장문인으로 추대된 화산학선 자운 장로.

청운회 조직과 관여되어 있던 장로 두 명도 무공이 전폐되어 참회동에 들어갔다. 그리고 남은 매화검수들과 나머지 장로들에 의하여 만장일치로 추대된 자운 장로가 화산파의 장문인이 되었다.

"알겠습니다. 대화산파의 길을 가겠습니다."

소림이 변했다.

무당은 장문인 이하 수백 명의 진산제자들이 몸을 날려 무당의 이름을 지켰다.

그리고 이제는 화산.

자운은 확고한 눈빛으로 고개를 끄덕였다.

"사사혈궁과 천무가는 모두 제갈세가가 꾸민 음모임이 드러나고 있다. 하지만 놈들을 막아설 수 있는 무림의 정의와 힘은 지금 그 어디에도 없다. 장문인, 그러나 화산은 폭풍 따위를 두려워해 본 적이 없다. 제아무리 강한 바람이라도 만

년 풍상을 견뎌온 바위를 어찌할 수 없는 것이다."

"명심하겠습니다, 사형."

자신의 손으로 사제를 죽이고 사손들의 목을 베었다.

자신의 형제 같고 아들 같고 손자 같은 것들을 베어낸 자광
진인.

설산에 뿌려진 모든 시신을 손수 거두어 화산에 묻었다.

누구의 도움도 없이 수십 구의 시신을 자신의 손으로 직접
묻은 것이다.

그리고 십여 일간 곡기를 끊고 조사동에 있다 나온 자광.

퀭하니 두 눈은 들어가고 살점들은 뼈에 달라붙어 있었다.

그러나 두 눈의 정광만은 횃불처럼 빛나고 있었다.

"장문인."

"네, 사형. 하명하십시오."

사부와 같은 대사형.

장문인이 되었다고 하여 달라질 것은 없었다.

"이제 곧 화산에 매화가 필 때가 되었지 않은가?"

뜬금없이 매화 타령을 하는 자광 진인.

"새싹이 돋는 것으로 보아 곧 필 것 같습니다."

장문인실의 창가로 보이는 몇 그루 매화나무를 바라보는
자광 진인.

"생각나는가……. 사부님이 우리가 장문인과 장로가 되면

주시겠다며 담갔던 매화주를⋯⋯. 큼지막한 술 단지를 아마 저곳에 묻었지."

사부라는 말에 울컥 눈물이 솟으려 하는 자운.

자광과 자운, 그리고 죽은 육손평은 같은 스승을 모신 화산의 제자였다.

또로록.

그리고 보았다.

피로써 화산의 정기를 다시 일으켜 세운 대사형의 눈에서 흐르는 한줄기 슬픔의 눈물을⋯⋯.

촤아악, 촤아악.

높은 산봉우리에 쌓였던 눈이 녹아 장강의 강물은 더없이 차갑고 깊이 흘렀다.

그 장강 위를 아연과 나는 하염없이 바라보았다.

띠리리링.

아연의 낡은 비파가 춤을 추었다.

"장강 남쪽을 돌아다니는 것이 싫어지니,
장강 북쪽을 유람한 지도 오래구나.
신기한 풍경 보고자 몰래 돌아오니,
이상한 경치 찾고자 늦추지 않는다.

물결을 거슬러 바로 절경에 닿으니,
외로운 섬은 강 가운데 아양 부리는구나.
구름과 해가 서로 환하게 비추니,
하늘과 물은 모두 맑고 깨끗하다.

영검이 나타나도 감상할 이 없으니,
진실이 쌓여도 누가 대신 전달하리…….＂

띠리리링.
비파음에 섞여 들려오는 아연의 달콤한 음성.
장강의 강물에 아연은 사령운의 시조를 읊었다.
그리고 나를 바라보는 아연.
뒷구절을 읊어달라 눈빛으로 청하였다.

＂곤륜산 선녀의 모습을 상상해 보면,
속세의 인연과 멀리 떨어져 있으리라.
이제야 믿으리, 오직 안기의 도술만
섭생으로써 천수를 누리게 되리라고.＂

등강중고서(登江中孤嶼)라는 사령운의 시조.

강 가운데 외로운 섬이라는 뜻으로 영웅이 나타나도 누가 그 진실한 모습을 알아주지 않고, 속세와 인연을 끊은 서왕모처럼 떨어져 살아야 한다는 뜻이 담겨져 있었다.

인걸의 고독함을 노래하는 시.

아연의 눈빛이 나를 향해 젖어 있었다.

"미안하고 감사해요, 가가……."

듣기 좋은 아연의 푸른 강물 같은 목소리.

"감사하고 감사하오. 나의 어여쁜 제비."

오직 감사할 뿐이었다.

살아 있어서, 내 곁에 있어서, 그리고 나를 바라보고 있어서 감사한 여인.

그녀는 나의 어여쁜 제비였다.

"공자님, 수상한 배들이 접근하고 있습니다."

알고 있었다.

구당협을 지나 파동에 이르자 갑자기 나타난 세 척의 쾌속선.

'형님의 부하들이군.'

한눈에 보아도 알 수 있는 장강수로채의 수적선.

어느새 오십여 장까지 추격해 오고 있었다.

"어찌할까요?"

다들 등평도수쯤은 가뿐히 펼칠 수 있는 고수들인 천마광풍대.

장 대주의 눈동자에 살기가 일었다.

"내 손님들이다."

"존명!"

손님이라는 말에 살기를 지우고 물러나는 장 대주.

살기를 드리우던 십여 명의 천마광풍대원들은 배를 모는 평범한 사공으로 돌아가 있었다.

"움하하하하하! 어디를 그리 급히 가시는가. 갈 때 가더라도 서로 예의는 지켜야 하지 않나, 친구들!"

귀에 익숙한 호탕한 웃음소리.

나와 아연을 엮어준 장강의 수적.

"호호. 가가, 그자이옵니다."

수하들을 말아먹고도 아직 목숨이 붙어 있는 자.

보였다.

선두에 선 수적선에 서서 당당한 눈빛으로 나와 아연을 바라보는 자.

"대녹림십팔채의 총채주이시자 장강의 투왕이신 수로투왕 공승필님이 이끄는 장강수로채의 포획당 당주 주고웅님이 바로 나이다. 움하하하하하하! 알아서 성의 표시를 하거라!"

두툼한 언월도를 손에 쥐고 광소를 터뜨리는 주고웅.

형님에게 아직 죽지 않고 살아 있는 것으로 보아 명이 질긴

자였다.

"하하. 오랜만이오, 부채주."

정말로 반가웠다.

저 무식한 수적 때문에 나와 아연이 오늘과 같은 인연이 될
수 있었다.

"오잉? 나, 나를 아느냐?"

갑자기 자신을 부채주라 부르자 놀라는 주고웅.

멧돼지 눈알 같은 커다란 눈이 굴러가며 나와 아연을 바라
보았다.

"호호호. 가가, 저자는 장강의 물귀신과 친구 사이라도 되
나 봐요."

아연도 활짝 웃음을 피웠다.

"웨, 웬 연놈들이냐!"

자신의 신분을 밝혔음에도 눈 하나 깜짝하지 않는 선남선
녀.

손에 검 한 자루도 들고 있지 않은 평범한 서생 놈과 미인
이라는 정보에 오랜만에 통과비를 받으러 나타났다.

수로투왕 공승필이 녹림십팔채의 총채주가 되면서 내려진
불살생과 통행료 징수.

어지간한 일이 아니면 수적들은 칼을 뽑을 수 없었다.

그저 수로투왕의 위명과 험상궂은 얼굴로 통행료를 징수할 뿐이었다.

그런데 겁없는 연놈들이 자신을 보고 박장대소를 터뜨렸다.

'어디서 많이 본 것 같은데?'

재빨리 과거를 회상해 보는 주고웅.

아무리 생각해도 저렇게 잘난 연놈들을 만난 기억이 없었다.

총채주의 동생 되는 신룡검왕과 신교의 신녀라는 계집 말고 자기 인생에서 저런 인간들은 만난 적이 없었다.

'가, 가만……. 설마!'

갑자기 머리를 스치는 한 생각.

고수가 되면 얼굴도 자유자재로 바꿀 수 있는 역골공을 시전할 수 있다 하지 않았던가.

더군다나 왠지 친숙한 기운.

조심스럽게 두 연놈을 다시 살피는 주고웅.

"헉!!"

그제야 똑똑히 보였다.

과거 장강신룡이라 불렸던 신룡검왕과 한패였던 옥수신녀라 불렸던 신교의 신녀.

이미 전 무림이 다 아는 거짓말 같은 이야기.

"신, 신녀!!"

그러했다.

머리가 백발이 돼서 알아보지 못했지만 씽긋 웃고 있는 저 여인은 바로 공포의 대명사인 신교의 신녀였다.

그뿐만 아니었다.

신녀와 다정스럽게 있는 남자는 바로 신룡검왕이 분명한 사실.

찌리릿.

신녀라는 말을 꺼내자 평범해 보이던 선원들이 가슴 철렁한 살기를 보였다.

'으아아아! 이게 뭐야!'

저 두 사람으로 인하여 부채주 직위도 박탈당하고 죽을 위기까지 처했었다.

그러나 그동안 모았던 재물을 다 털어서야 간신히 목숨을 살릴 수 있었고, 이제야 겨우 당주 직위까지 복귀가 되었다.

그런데 죽어서도 마주치기 두려운 연놈들이 나타났다.

"마침 잘되었네. 형님께 찾아가려던 참이었는데."

"어, 어서 오십시오. 다시 만나 뵙게 되어 영광입니다."

허리를 직각으로 굽히는 주고웅.

"……?"

자신의 마음도 몰라주고 멍청히 서 있는 부하 놈들.

오늘따라 참으로 원망스러웠다.

자신 같은 존재들은 손 한 번 뒤집으면 죽을 목숨.

장강의 신룡과 신녀가 재림하는 순간이었다.

"타앗!"

차자장.

"이얍!"

채쟁!

여인이 한을 품으면 오뉴월에도 서리가 내린다 하였다.

그리고 한을 품은 두 여인의 검은 매섭게 연무장 안을 가득 메웠다.

"오늘도 한 수 부탁드립니다, 사태님."

당금 황실 권력의 핵심에 올라선 추밀대인 구염상.

구염상의 거대한 자택 연무장에서는 검무가 난무하였다.

"이제는 더 이상 가르칠 것이 없습니다, 화 단주님."

겨울이 지나는 동안 머리가 새카맣게 자란 아미파의 장로 청연.

공손히 검을 들고 서 있는 화운룡의 아버지 화상락에게 가르칠 것이 없다 말했다.

한때는 아미파의 장로였던 이의 입에서 나올 말이 아니었다.

그러나 그 말은 사실이었다.

아들의 처참한 소식을 듣고 일검에 매진한 화상락.

화산의 속가제자 따위의 실력은 진작 넘어서 있었다.

'화산의 매화는 겨울을 뚫고 핀다 하더니…….'

분명 자신의 연인인 자광 장로가 가르침을 하사하였을 화상락.

속가제자에서 이제는 아미파의 장로와 일수를 겨룰 수 있는 고수가 되어 있었다.

"한 수 부탁하네."

이번에는 고개를 돌려 차아령과 함께 나타난 차문혁에게 도전하는 화상락.

"시, 싫습니다요. 며칠 전에 맞은 검상이 아직 낫지도 않았습니다."

고개를 강하게 젓는 차문혁.

변해 버린 화상락이 무서웠다.

언제나 며느리라 불리는 두 여인과 희희낙락하던 화상락이 아들의 비참한 소식에 완전히 변해 버렸다.

창!

하지만 차문혁 앞에서 검을 뽑는 화상락.

쉬이이익.

검이 바람을 갈랐다.

"으아아아! 아령아, 살려줘!"

보법을 펼쳐 검을 피하며 동생을 부르는 차문혁.

차자장.

하지만 동생 차아령 또한 싸늘한 표정으로 단소소와 검을 나누고 있었다.

복수.

지금 연무장에는 복수라는 요괴가 사람을 집어삼키고 있었다.

'아직 말해줄 때가 아닌 것 같군.'

연무장을 바라보며 구염상은 수염을 매만졌다.

그가 돌아왔다.

죽지 않을 것이라 생각했지만 걱정이 되었던 그놈.

아주 팔팔하게 살아 무림에 다시 돌아왔다.

얼마나 강해졌는지 신녀라는 여인을 옆에 꿰차고 나타난 그놈.

구염상은 근심거리가 사라짐을 느꼈다.

'제갈세가. 무서운 놈들이로다.'

무림의 세가이면서 문에도 일가를 이루어 많은 학자들과 관리들을 배출한 명문가.

놈들이 뿌린 더러운 씨가 황실에서 싹을 틔웠다.

다행히 요 대인이 죽으면서 꼬리가 밟혀 놈들을 황실에서 일망타진할 수 있었다.

하지만 아직 그 근본은 무림에 남아 있는 상황.

황제는 이십만 금위군을 동원하여 놈들을 쓸어버리라 명하였지만, 그것은 황제의 어리석은 생각.

잘못하면 금위군들이 도륙당할 수도 있었다.

'이제 운룡이가 돌아왔으니 알아서 처리하겠지. 후후.'

조만간 대사건이 터질 것을 알고 있는 구염상.

그의 입가에 오랜만에 미소가 맴돌았다.

화운룡.

이제 자신의 제자를 어찌할 자는 세상에 그 누구도 없다는 것을 구염상은 잘 알고 있었다.

구름 위를 나는 용.

이제 그는 운룡(雲龍)이었다.

파바바바밧.

장강의 물결 위를 헤치며 달려오는 한 인물.

"아우야!"

나를 불렀다.

"하하하. 형님!"

한 어미의 뱃속에서 태어나지 않았지만 형제보다 더한 은혜를 내린 수로투왕 공승필.

두 팔을 벌리고 달려왔다.

팟!

배를 박찼다.

투둥.

물이 발에 닿지도 않았다.

초상비(草上飛)처럼 달리는 수상비(水上飛).

터억.

그리고 사나이들의 손이 맞잡아졌다.

"살아 있었으면 이 우 형부터 찾아와야지. 네 여인부터 찾아갔느냐! 너 때문에 양 군사만 죽어나갔지 않느냐!"

활짝 웃음을 터뜨리며 내 위아래를 훑어보는 공승필 형님.

따스함이 가슴에 물들었다.

그리고 나 때문에 처녀귀신 애인에게 시달렸을 양 군사에게도 미안했다.

"가자! 오늘은 밤새 먹고 마시는 것이야!"

"하하하. 기대하겠습니다, 형님!"

"그럼! 녹림총채주의 하나뿐인 동생이 왔는데 오늘 산채 하나는 거덜 내야지. 하하하하!"

무엇이 그리 좋은지 호탕한 대소를 터뜨리는 형님.

"혹시 인풍단원들은 무사히 도착했습니까?"

가장 물어보고 싶었던 인풍단의 생사.

"무사히 왔지. 화산파 여걸들이 잘 모시고 왔단다."

'설수아, 고맙다.'

무리한 부탁을 잘 이루어낸 설수아.

언젠가 이 은혜를 갚아야 했다.

"아우야, 그런데 저 친구들은 왜 따라왔느냐?"

아연과 함께 있는 천마광풍대가 불편한 듯 형님이 물었다.

"걱정하지 마십시오. 신녀가 움직였으니 당연히 따라오는 호위무인들이지요."

"그래? 이상하다. 저자들은 분명 마황의 직속 호위들인데……."

많은 것을 알고 싶어하는 형님.

그러나 알려줄 수 없었다.

내가 신교의 호교총사라는 사실을 말이다.

"자, 가세. 사람들 눈에 띄어서 좋을 것은 없으니."

아직은 세상에 내 존재가 나타나면 안 되었다.

그런 사실을 알고 있는 형님이 조심스럽게 앞장을 섰다.

'삼 일 후면 대외총사부 소속 교도들이 모일 것이다. 후후후. 그때가 기다려지는군.'

쉼없이 흐르는 장강의 강물.

그 강물을 따라 운명의 시간도 점점 다가오고 있었다.

제갈세가의 대계에 커다란 구멍이 뻥 뚫릴 운명의 시간이.

"단, 단주님!"

"크윽! 단주님!"

"오오! 천지신명이시여!"

나를 발견하자마자 눈물을 터뜨리는 인풍단원들.

무인의 생명이라는 단전이 파괴되고 쓸모없는 인간들이
되어버린 인풍단.

고작 스무 명밖에 살아남지 못했다.

나를 위하여 값없이 목숨을 잃은 삼십여 명의 인풍단원들.

그들의 목숨 값은 결코 죽어서도 잊지 않을 것이었다.

"고맙소!"

무슨 말을 더 할 수가 없었다.

"아닙니다! 단주님이 이렇게 무사하시다니 저희들은 그것
으로 만족합니다."

"그렇습니다. 단주님은 저희들에게 무인으로서 두 번의 삶
을 살게 해주신 분이십니다."

귀한 생명을 던져 나를 살려낸 인풍단원들.

이들과 나는 영원히 헤어질 수 없는 인연이 되었다.

"그대들에게 세 번째 무인의 삶을 주겠소! 다시는 그 누구
에게도 핍박받지 않는 강한 무인으로 말이오!"

"네? 저희들을요?"

"하지만 저희들은 단전이 파괴되어 다시는 무공을 펼칠 수 없는……."

내 말을 믿지 못하는 인풍단원들.

"하하하. 난 두 번이나 단전이 파괴되었소. 그까짓 한 번 가지고 포기하면 어이 사내대장부라 할 수 있소이까!"

"헉! 그, 그럼 정말 저희들이 다시 검을 잡을 수 있습니까!"

"오오오오!!"

격동하는 인풍단원들.

한 번 칼밥을 먹은 자는 다른 밥을 먹지 못한다.

무공을 회복할 수 있다는 말에 눈물을 흘리는 인풍단원들.

강자로 만들 것이다.

세상에 그 누구도 무시할 수 없는 진정한 강자로 말이다.

"자! 시간이 없소. 이 영단을 두 알씩 복용하시오."

감정없는 천마광풍대원들이 부러워하는 눈빛을 보냈다.

호교총사가 되는 조건으로 마황에게 받은 선물.

천마환이라 불리는 신교의 영단으로, 능히 소림사의 대환단에 버금간다.

한 알을 복용하면 일 갑자의 내공을 얻을 수 있는 영단.

신교에 남아 있던 사십 개의 영단을 모두 들고 나왔다.

'군림무연심공 요상법을 펼치면 이들은 모두 무공을 회복할 수 있다.'

천지간의 힘이 교통하기에 막힘없는 공력을 사용할 수 있었다.

아니, 공력의 의미가 무의미해진 상황.

내가 하고자 하는 것을 막을 것은 세상에 아무것도 없었다.

천지신명만 빼고 말이다.

"아우야, 이제 어찌할 것이더냐?"

"헤헤. 어쩌긴 어찌합니까. 우리 화령이가 그러는데, 이제 화 대협께서는 팔팔 하늘을 날며 천지를 뒤집을 것이라 했습니다요."

형님 때문에 얼마나 처녀귀신에게 시달렸으면 못 본 사이에 눈 밑이 시커멓게 변하고 마른 육포처럼 살이 쪽 빠진 양 군사.

이제 살 것 같다는 표정을 지었다.

"어떻게 말이냐? 자세히 좀 말해봐."

답답한 듯 양 군사를 다그치는 형님.

"저야 모르죠. 우리 화령이는 워낙 비유를 좋아해서……."

말끝을 흐리는 양 군사.

"뭔 비유는 개뿔! 사실대로 말해봐. 너 요즘 서긴 서냐?"

"네? 무슨 말씀을 그리 섭하게 하십니까. 어제도 화령이와 얼마나 찐한 밤을 보냈는데."

"찐한 밤 좋아하시네. 야, 이놈아! 네놈이 어제 화령이가 무섭다고 부적을 방에 도배하고 잔 것을 다 알고 있어, 이놈아!"

"헉! 어찌 그것을……."

형님의 말에 화들짝 놀라는 양 군사.

"쯧쯧. 처녀귀신 좋아하다가 제 명에 못 죽어, 이놈아."

걱정이 되는 듯 혀를 차는 형님.

"흑흑. 채주님, 무섭습니다. 밤이면 밤마다 찾아와 제 허리 춤을 벗기는 화령이가 이제는 너무 무섭습니다!"

양 군사가 눈물을 펑펑 쏟았다.

얼마나 처녀귀신에게 시달렸으면 사나이가 자존심을 버리고 눈물을 흘리겠는가.

미안한 마음이 들었다.

다 나 때문에 벌어진 일이었다.

"저……. 그럼 넘겨라."

"네? 무얼요?"

은밀하게 변한 형님의 목소리.

"뭐긴 뭐야, 임마. 여자 하나 만족 못 시키면 당연히 떨어져야 하는 게 남자의 자존심이지!"

"헉! 그럼 화령이를 채주님께 넘기라고요?"

놀라 다시 묻는 양 총관.

"야! 우리 사이에 그깟 처녀귀신 하나 가지고 그럴래? 예쁘다며! 그런데 너 혼자 차지하고 있냐!"

버럭 소리를 치는 형님.

"아! 생각해 보니 할 일이 많구나. 오늘 상납금 결산도 해야 하고, 애들 무기 값도 지불해야 하고."

형님의 말은 들은 척도 않고 손으로 숫자를 세며 빠르게 밖으로 사라져 버리는 양 군사.

"자식, 너무하네. 그러면 화령이 친구라도 새끼를 치던가. 배은망덕한 놈!"

'에휴……'

나도 모르게 한숨이 푹푹 나왔다.

세상에 널리고 널린 것이 계집이었건만 처녀귀신에 목메는 두 사람.

세상은 참으로 알 수 없는 일들의 천지였다.

"가주님, 이제 조금만 가면 무한입니다."

둥! 둥! 둥!

쉬지 않고 울리는 뱃고동 소리.

수심이 깊어진 장강의 물살을 가르는 수백 척의 다양한 배들.

사사혈궁을 치기 위하여 몰려가는 천무가 소속 무인들이

었다.

"드디어 무한이구려."

천하를 아우르는 거대한 가문이 된 천무가의 초대가주 독고유천.

천무가의 가신이 된 수십 명의 무림 원로들과 함께 뱃전에 서 있었다.

'흐흐흐. 이제 내일이면 모두 끝이 나는군.'

소리없이 마음으로 웃음을 터뜨리는 독고유천.

내일 무림맹을 차지하고 있는 사사혈궁 무인으로 가장한 혈무궁 잡졸들과 마두들, 그리고 만 명이 넘는 중원 무인들이 사라질 것이다.

그렇게 되면 더 이상 천무가를 위협할 존재는 세상에 없었다.

제갈세가의 백년대계.

그 끝은 무림말살이 목표였다.

아직 몇몇 세력들이 남아 있었지만 진정한 사사혈궁의 직계인 일만의 고수들과 금혼단을 먹고 개가 되기를 맹세한 자들만으로도 충분히 막을 수 있었다.

특히 수천의 사사혈궁 무인들.

세상에서 가장 강하다는 신교 무인들 따위와 비교할 수 없을 정도로 강했다.

"아버님, 가슴이 뜁니다."

담담히 장강을 바라보고 서 있는 아비인 제갈담운에게 전음을 날리는 제갈유검.

"흐흐, 조금만 참거라. 이제 내일이면 세상은 우리들 차지가 될 것이다."

검은 머리 짐승은 거두는 것이 아니라 하였다.

어쩔 수 없이 고개를 숙이고 천무가의 일원이 된 구파와 오대세가, 그리고 명망있는 무림의 문파들.

아마 사사혈궁이 제압되고 나면 배신의 음모를 꾸밀 것이 분명했다.

어제도 몰래 남궁세가의 가주가 몇몇 문파의 수장들과 회동함이 보고됐다.

사파를 끌어들였다는 이유만으로 벌써 음모를 꾸미는 자들.

정파에 대하여 누구보다 더 잘 알고 있는 제갈담운.

이번 기회에 쓸모없고 귀찮은 존재들은 모조리 사라질 것이었다.

'그런데 누구지? 난주지부를 박살 냈다는 그놈들은?

오늘 아침 급히 날아온 전서구.

그리 중요한 곳은 아니지만 후에 꼭 필요한 곳이기에 설치된 난주지부.

그런 난주지부 지부장을 비롯한 지부원들 수십여 명이 누군가에게 단전이 파괴되고 사지근육이 절단되어 폐인이 되었다 한다.

더욱이 악행을 제법 일삼았는지 백성들의 몰매를 맞고 다 죽어버려서 놈들을 확인할 수조차 없었다는 것이다.

'며칠 전부터 천문이 어지러워졌다. 그동안 우리 가문을 지켜주던 천문성이 흐려지고 천왕성이 빛을 뿜다니……'

하지만 더 이상 천문도 볼 수 없었다.

장강의 저녁은 짙은 물안개로 시작해서 물안개로 끝이 났다.

따스한 강물과 설산에서 내려온 찬물이 뒤섞여 일어난 현상.

제갈담운은 가슴 한쪽이 찜찜해짐을 느꼈다.

"하하. 화산에 봄이 찾아오면 제일 먼저 찾아오는 것이 바로 바람과 구름이라오. 스승님의 구박을 받으면서 그나마 위안이 되었던 것은 바로 그놈들 때문이라오."

자신을 위하여 모든 것을 버린 남자.

아연은 그의 품에 안겨 그 남자의 이야기를 들었다.

"아! 지금쯤이면 매화에 새싹이 돋고 있겠구려. 예전에 내가 매화전에 뿌려놓은 거름 때문에 요 몇 해 동안 화산 매화는 더욱 절정을 이루겠구려."

남자는 화산 이야기만 나오면 어린아이가 되었다.

자신을 안고 도산검림을 헤쳐 나오면서 피눈물을 흘렸던 남자.

자신의 아비인 신교 교주를 만나서도 절대 고개를 숙이지 않았던 남자.

그런 남자가 화산의 이야기만 나오면 기뻐 손뼉을 치고 몽롱히 추억 속에 잠겨 들어갔다.

'운룡……..'

남자의 품에서 풍겨오는 기분 좋은 냄새.

매화 얘기를 꺼내서 그런지 남자의 품에서 매화 향기가 솔솔 풍겨왔다.

"오늘 같은 날이면 스승님은 운해의 바다에 몸을 날렸을 것이오. 그리고 나는 검을 들고 구름과 함께 검무를 추고, 시원한 바람은 땀에 젖은 나를 위로해 주고……."

사랑하고 있었다.

자신보다 더 마음속에 깊이 자리 잡은 화산.

중원으로 돌아오는 내내 들려주는 화산 이야기.

사랑하는 사이가 아니라면 결코 그럴 수 없었다.

그러나 보고 싶다는 말은 절대 꺼내지 않는 남자.

화산에서 버림받은 파문 제자였다.

"언젠가 가보고 싶군요. 당신이 말하던 매화전과 구름과 바위와 바람이 대화한다던 운대봉……. 그리고 선녀들이 목욕한다는 옥녀지까지 말이에요."

남자 때문에 가보지 못한 화산에 대하여 자세히 알고 있는 아연.

정말 가보고 싶었다.

이렇게 든든한 남자로 만들어준 대화산.

가서 직접 보고 묻고 싶었다.

내 남자를 어찌 이리 잘 키웠는지.

"바람이 차갑구려. 이제 안으로 들어갑시다."

화산에 가보고 싶다는 말에 어투가 변한 남자.

가슴속 깊이 자리 잡고 있는 상처가 컸다.

자신의 검을 화산에 돌려주고서 남자는 화산에 갈 수 없는 신세가 되어버린 것이다.

"네. 바람이 차가워요."

바람이 차갑다는 말을 하며 남자의 품에 더욱 안겨드는 여인.

소망하였다.

자신의 여린 가슴으로 이 남자의 상처를 따뜻하게 데울 수 있도록…….

第九十四章 제갈세가의 뒤통수

화산지애

"인원은?"

"총 팔백아흔두 명이 도착했습니다."

생각보다 많은 수였다.

그러나 많다고 할 수도 없었다.

무림맹에 남아 있는 멍청한 놈들은 수천 명이 넘을 것이었
다.

"단주님, 저희들이 선두에 서겠습니다!"

나를 아직도 단주라 부르는 인풍단원들.

다시 태어난 그들의 눈에서 정광이 폭사되었다.

이름만 섬뜩한 천마환이지 정파의 영단과 하나 다를 바가 없었던 천마환.

하룻밤을 꼬박 개정대법을 펼쳐 인풍단원들을 절세고수로 탄생시켰다.

사실 예전 같았으면 불가능한 일.

그러나 군림무연심공은 불가능을 모르는 천신이 내린 무공이었다.

"나와 인풍단원들이 선두를 맡는다. 그리고 천마광풍대는 신녀의 호위를 맡고, 나머지 교도들은 사방에서 놈들을 추살한다."

"존명!"

아직 어두움이 가시지 않은 새벽.

무한에 도착하였다.

그리고 보이는 참상.

무림맹을 떠나기 전에만 해도 수만 명의 백성들이 무인들과 생계를 같이하던 무림맹 외성.

아무것도 없었다.

부서지고 불탄 집들과 상점들 사이로 풍겨오는 시체 썩는 악취가 진동했다.

거리에 수없이 널브러진 누군가의 육신이었을 뼈.

세상에 악이 가득 차면 이리 힘없는 이들이 죽어가는 것이었다.

오직 하루하루 삶을 연명하기를 소망하는 이들의 목숨을
가져간 이들.

양심이라는 것을 지옥에 팔아먹고 지상에 기어 올라온 지
옥 중생들.

그놈들을 다시 지옥에 보낼 것이었다.

"실시하라!"

"존명!"

파바바밧.

이미 자세히 내려진 명.

어둠과 안개 속에서 수백 명의 신교도들이 움직였다.

"다녀오겠소."

"네. 조심히 다녀오세요."

마음 같아서는 함께하고 싶었지만 쓰레기들을 처리하는
피바다에 내 어여쁜 제비를 데려갈 수 없었다.

"갑시다!"

"명!"

다시 태어난 생명을 어찌 살아야 하는지 아는 인풍단원들.

팟.

아연의 미소를 뒤로하고 몸을 날렸다.

파바밧.

그 뒤를 따라 달려오는 인풍단원들.

'한 놈도 살려 보내지 않는다!'

제갈세가의 계략 때문에 이곳에 뭉쳐 있을 악의 종자들.

내가 아니어도 제갈세가 놈들이 처리할 것이지만 그리 놔둘 수는 없었다.

혼란.

내가 노리는 것은 바로 혼란이었다.

"흐흐흐……."

요즘 같으면 살맛이 철철 넘치는 혈무궁의 궁주 혈황.

아니, 아직 죽지 않고 살아 있는 백 년 전의 대마두 음면수라.

백 년 전 근 천여 명의 여인들을 범한 희대의 색마.

하루라도 여인이 없으면 아니 되었다.

"꺼져!"

퍽.

"악!"

며칠 전 인근 고을에서 잡아들인 십오 세 정도의 계집.

내공을 실어 발길질을 하였다.

질릴 만큼 가지고 놀았기에 실증이 난 것이다.

"아함～!"

강력한 내공이 실린 일격에 침대 밖으로 튕겨져 나간 소녀
는 처절한 비명을 지르곤 죽어버렸다.

금이 간 머리에서 뜨거운 피와 뇌수가 흘러나와 피지도 못
한 어린 나신을 덮어주고 있었다.

그런 소녀의 죽음을 눈 하나 깜짝하지 않고 바라보며 기지
개를 켜는 음면수라.

"에이, 씨팔. 언제까지 이곳에 처박혀 있어야 하는 것이
야!"

사사혈궁에서 내려온 밀명.

혈무궁의 잔당들을 이끌고 무림맹을 점령하라는 명령.

처음에는 무림맹을 차지한 사사혈궁 놈들과 일전을 치르
라 하는 명인 줄 알았다.

그러나 무림맹에 도착해 보니 텅텅 비어 있었고, 음면수라
는 무혈입성할 수 있었다.

하지만 이미 무림맹 주변은 사사혈궁 놈들이 한바탕 쓸고
간 뒤라 남은 생명이 하나도 없었다.

"그런데 왜 또 사사혈궁 복장을 하라는 것이야! 혈천귀뇌!
이놈은 궁에서 올 생각도 안 하고!"

모든 것이 점조직으로 운영되는 사사혈궁.

한 달에 한 번씩 정기적으로 복용해야 하는 금혼단을 전해
주는 순찰사자가 모든 명을 내렸다.

그 명령에 무조건적으로 따라야 했다.

그렇게 살아온 지 벌써 백 년.

음면수라는 불만이 없었다.

때마다 계집들을 제공하고 무공까지 전수해 주는 사사혈궁.

고마운 존재였다.

"으아함~ 그런데 오늘따라 이놈의 안개는 왜 이리 칙칙해. 기분 나쁘게시리……."

어차피 여기에 있는 혈무궁 졸개들은 모조리 죽일 작정이라는 것을 백 년을 산 눈치로 알고 있었다.

그렇기에 먹고 마시는 것에 몽혼약을 타 이지를 점점 상실케 만들었다.

'그런데 궁에서 나를 죽이려는 것은 아니겠지?'

혈황을 대체하기 위하여 수십 년 동안 사사혈궁에서 그로 살아왔다.

그리고 차지한 혈황의 자리.

갑자기 혈무궁이 사라지면 자신도 사라지는 것은 아닌가 하는 생각이 들었다.

"아니야, 아직 나는 쓸모가 많은 사람이지. 흐흐흐. 구파의 장문인 따위는 그냥 쳐 죽일 수 있는 내 무공을 궁에서 그냥 놔둘 리가 없어."

사사혈궁을 믿었다.

쓸모가 있는 한 철저하게 보살펴 주는 사사혈궁.

이미 백 년을 사육당한 음면수라는 더 이상 의심을 품을 수 없었다.

"응? 저건 뭐야?"

하품을 하며 창문을 열던 음면수라의 눈에 보이는 수상한 자들.

몽혼약에 중독되어 비실거리는 혈무궁도들의 목을 따고 있었다.

"헉! 저놈들이!"

아직은 때가 아니었다.

천무가가 이곳에 쳐들어올 때까지 버티라 하였다.

그런데 아직 천무가의 무인들이 오지도 않았건만 사사혈궁 복장을 하고 있는 혈무궁도들이 속절없이 목이 잘려 나갔다.

"이놈들!"

궁의 명령을 이행하지 못하면 금혼단이 제공되지 않을 것이고, 그러면 처절한 고통을 당하며 온몸이 죽을 것이었다.

음면수라의 눈에서 불똥이 튀었다.

팟.

방을 박차는 음면수라.

"적이 쳐들어왔다!"

땡땡땡!

아직 약 기운이 덜 돌고 있는 혈무궁 무인들이 비상종을 울렸다.

"크아악!"

"적이다! 막아라!"

그제야 터져 나오는 비명.

하지만 이미 멈추기에는 늦은 순간이었다.

무림말살대계를 위하여 재물로 선택된 약 먹은 혈무궁 무인들.

악에 받친 인풍단과 명령을 위하여 태어난 신교도들을 막을 수 없었다.

그리고 그렇게 제갈세가의 계획은 크게 어긋나기 시작했다.

퍼버벙!

"크헉!"

예상대로 사사혈궁 무인들이 아니라 혈무궁 놈들이었다.

아마 지금쯤 사사혈궁 놈들은 천무가 소속 무인으로 바뀌어 있을 것이었다.

'무언가 있다. 놈들이 획책하는 무엇이!'

무림맹에 무언가가 있을 것이었다.

약 처먹은 혈무궁 놈들로 유인하여 한꺼번에 눈에 밟히는 자들을 정리할 것이었다.

'사천평 혈전처럼 폭뢰탄을 사용할 것이더냐. 후후후.'

무림맹에 들어오자 확연히 깨닫게 되는 제갈세가의 음모.

놈들은 이곳에 생사부를 집행할 열화지옥을 만들 참이었다.

"대외총사."

"부르셨습니까, 호교총사님!"

사천평에서 나에게 호되게 당했던 대외총사 구백동.

나의 조용한 부름에 힘차게 대답하였다.

"사천평에서 맡았던 폭뢰탄의 냄새를 잊지는 않았겠지?"

"잊지 않았습니다!"

"찾아라. 분명 무림맹 곳곳에 폭뢰탄이 있을 것이다. 그것을 찾아라."

"존명!"

명을 받고 몸을 날리는 구백동.

"이놈들아! 감히 이곳이 어디라고!"

퍼버벙!

그때, 분노에 찬 음성과 함께 비명이 울려 퍼졌다.

병 걸린 닭처럼 죽어가던 혈무궁 놈들이 아닌 신교 교도들의 비명 소리.

"사사혈궁 놈인가?"

팟.

자리를 박찼다.

너무 싱겁게 일이 마무리되려는 순간,

나를 자극하는 강력한 기운에 몸이 저절로 움직였다.

'이, 이놈들은 신교!'

백 년 동안 놀고먹은 것이 아니었던 음면수라.

더욱이 혈황을 대신하기 위하여 혈황의 독문무공인 혈마구천마공과 비슷한 아수라혈마공을 수련하였다.

비록 혈마구천마공만큼의 위력은 아니었지만 사파에서 다섯 손가락 안에 드는 강력한 무공.

그런데 앞을 막아선 놈들이 제법 버텼다.

생각 같아서는 한 칼에 십여 명씩 도륙될 것 같았건만 한둘이 쓰러지는 것이 고작이었다.

그렇게 쓰러지는 자들의 무공.

말로만 듣던 신교의 마공이었다.

"네놈들이 왜 이곳을 공격하는 것이더냐!"

혼란에 소리쳐 묻는 음면수라.

이런 일이 있을 것이라고 위에서 알려주지 않았다.

그리고 앞을 막아선 놈들 또한 살기를 뿌릴 뿐이지 입을 열지 않았다.

"쌍놈의 새끼들!"

화가 골수까지 치민 음면수라.

계획에 차질이 생기는 순간 자신의 목숨도 날아가는 것.

혼자 죽을 수는 없었다.

쇄애애애애애액—

포위한 수십 명의 신교 교도들을 향해 날아가는 핏빛 그림자.

백 년을 산 마두답게 일검은 매섭기 그지없었다.

순식간에 수십 개의 환영처럼 불어나는 혈검.

포위한 신교도들의 몸에 낙뢰처럼 파고들었다.

쩌저저저저저저정!

"헉!"

막 자신이 날린 회심의 일격이 신교도들의 몸에 격중되려는 순간 허공 속에서 생겨난 푸른 검이 그것을 모두 막아내 버렸다.

'뭐, 뭐야!'

보고도 믿을 수 없는 현상.

세상에 누가 있어 자신이 날린 검탄 수십 개를 막아낼 수 있단 말인가.

"사사혈궁의 졸개인가?"

놀라는 음면수라의 등 뒤에서 들려오는 나직한 목소리.

"으헉!"

어느새 음면수라의 일 장 가까이 다가온 놈.

입가에 차가운 조소를 머금고 있었다.

"네놈은 누구냐!!"

발작적으로 검을 치켜들며 묻는 음면수라.

자신보다 훨씬 강한 자라는 것을 알았다.

그렇지 않고서 자신의 이목을 속이고 일 장 가까이 다가올 수는 없었다.

"보아하니, 네놈도 제갈세가에 이용당한 사냥개구나."

갑작스럽게 제갈세가를 들먹이는 놈.

"무슨 헛소리냐!"

자신의 심기를 어지럽히는 수작이라 생각한 음면수라는 살기를 피웠다.

"쯧쯧."

혀를 차는 놈.

자신을 향해 비웃음을 던지는 놈의 면상을 후려갈기고 싶은 음면수라.

"뒈져라!"

거리는 일 장.

아무리 강한 놈이라도 필생의 공력을 담은 일격을 막을 수 없는 거리.

쉬이이이이익.

혈검이 눈에 보이지 않는 속도로 거리를 압축해 갔다.

'바보 같은 놈. 흐흐흐.'

어느새 놈의 배를 뚫어가는 검.

음면수라는 회심의 미소를 지었다.

퍽.

하지만 그것이 그가 지은 이 세상의 마지막 미소였다.

머리를 강타하는 짧은 충격.

순식간에 세상이 진한 어둠으로 변해 버렸다.

쿵.

나의 허상을 베고 좋아라 웃던 놈이 머리에 구멍이 뚫린 채 바닥에 넘어졌다.

"컥!"

"크아악!"

놈이 죽는 와중에도 곳곳에서 들려오는 비명의 메아리.

일방적인 학살이었다.

"모두 멈춰라!"

제갈세가의 잔재주가 들통난 순간.

더 이상 무의미한 피를 묻힐 필요는 없었다.

이미 몽혼약에 취하여 검을 들고 일어서기도 힘든 자들이 태반.

내 명령에 순식간에 살육이 멈춰졌다.

"호교총사님, 찾았습니다! 각 전각의 바닥에 어마어마한 폭뢰탄들이 묻혀 있었습니다."

어느새 폭뢰탄을 찾아낸 구백동.

"여기 있습니다."

손에 주먹만 한 검은 폭뢰탄을 들고 있었다.

"이것이었군."

무서운 것이 사람이라고, 전 무림인을 말살시켜 죽이려는 무서운 자들.

제갈이라는 성씨를 가진 자들은 모든 것이 밝혀진 이후로 이름을 바꿔야 할 것이었다.

"철수한다. 그리고 대외총사는 천무가 놈들이 어디까지 왔는지 파악해 보고하라."

"존명!"

아직은 질펀한 살육을 벌일 때가 아니었다.

혼란이 극대화되고 놈들이 발광하고 날뛸 때, 놈들의 심장에 큼직한 바람구멍을 내줄 것이었다.

"오너라……. 제갈세가."

어느새 떠오르기 시작한 태양.

장강이 만들어낸 진한 안개를 거두어가고 있었다.

그리고 몽혼약과 피에 취한 혈무궁의 잔당들은 흐느적거리는 몸을 이끌고 무림맹을 배회하고 있었다.

수많은 죄를 지어 아귀계를 배회하는 아귀들처럼 휑한 눈을 부릅뜨고서.

"사사혈궁만 몰아내면 우리는 천무가를 탈퇴해야 할 것이오."

"맞소이다. 유서 깊은 문파의 후손인 우리가 어찌 사파 놈들과 가족이 될 수 있단 말입니까."

사사혈궁이 보여준 강력한 무위에 혼비백산하여 도망친 남궁세가의 가주 남궁무용이 모용연우와 전음을 나누었다.

기세 좋게 나갔던 정천맹의 개맹식 때 난입한 사사혈궁 무리들.

비참하게도 그날 오대세가와 일문의 본가들이 공격을 당해 세가원들이 뿔뿔이 흩어졌다.

그러다 독고유천이 있는 남경으로 와서 다시 만난 가주들과 세가원들.

천하의 모든 문파를 포용한다는 기치하에 모인 정파와 사파인들.

당연히 불협화음이 날 수밖에 없었다.

특히 사파 쪽에 유달리 박해를 많이 가했던 구대문파와 오대세가는 눈에 보이는 살해 위협까지 당해야 했다.

그런 상황을 참을 수 없었다.

그리하여 논의된 것이 바로 사사혈궁의 토벌이 끝남과 동시에 다시 정천맹을 일으켜 세우자는 의견이었다.

부자는 망해도 삼대는 간다는 말처럼 천하 사방에 뿌리를 내린 세가원들이 적지 않았다.

"이번 사사혈궁 토벌 작전에서 뭔가를 보여줘야 할 것이오. 독고맹주가 더 큰 명성을 얻는다면 골치 아파질 것이오."

남궁무용이 모용연우에게 자신의 의견을 피력했다.

"그리해야죠. 다행히 사사혈궁 놈들이 독고유천 맹주에게 몇 번의 패배를 당해 사기가 저하된 이때가 기회인 것 같소이다."

두 사람은 배를 타고 가면서도 서로 눈치를 주고받으며 그렇게 전음을 나누었다.

자신들을 바라보며 비웃음을 짓고 있는 제갈담운의 시선을 느끼지 못하고서 말이다.

'흐흐흐. 죽일 놈들.'

저런 놈들 때문에 제갈 가문은 수백 년 동안 무시를 당하며 살았다.

하지만 이제는 더 이상 아니었다.

오늘 놈들과 같은 불측한 마음을 품을 가능성이 높은 자들은 모두 선봉에 세울 것이었다.

그리고 들어가서 이상하다 느끼는 순간 살아서 세상에 나오지 못할 것이었다.

'이제 다 도착했군.'

뒤숭숭한 안개가 걷히고 드러나는 무한.

제갈담운은 무한이 보여서야 마음을 놓았다.

"상륙하라!"

첫 번째 배가 강가에 닿았고, 곧 신법을 펼치며 무인들이 정신없이 뛰어내렸다.

후두두둑.

참으로 장관이 아닐 수 없었다.

자신들이 살생부에 기록된 것도 모르고 상기되어 있는 무림인들.

제갈담운의 입가에 진한 비웃음이 머물렀다.

'이제야 오는군.'

한때 수천 명이 넘는 무림인들이 상주했던 무림맹.

영웅단에 들어와 갖은 수모를 당하며 견뎠던 무림맹은 곳곳이 추억의 장소였다.

그리고 오늘, 추억의 장소는 말 그대로 추억이 될 것이었다.

"와아아아아아!"

배에서 뛰어 내려와 무림맹으로 달려오는 수만의 무인들.

그렇게 죽어나갔건만 검을 든 무인들의 숫자는 줄어들지 않았다.

아이들이 태어나 자라듯이 강호인들도 그럴 것이었다.

한 자루 검에 낭만이 살아 있는 한 그들은 언제까지 태어나 한 사람의 무인으로 자랄 것이었다.

스윽.

화산각의 지붕 위에서 일어났다.

이제는 평생 다시 못 볼 화려한 불놀이를 펼칠 시간.

다만 제갈세가 놈들의 얼굴을 보지 못하는 것이 아쉬울 뿐이었다.

"일차 선발대는 회의한 바대로 오대세가 및 구파의 정예무인들, 그리고 사문방과 혈무곡을 비롯한 사파 칠대문파들이 맡을 것입니다."

천하 모든 무인들을 끌어모은 천무가.

외단과 지부 조직을 제외하고는 내단은 아직 정하지 않았다.

과거 그대로 오대세가 및 구파, 그리고 각 문파들이 존재했다.

"알겠습니다! 저희가 선봉을 서겠습니다!"

"사파에게도 기회를 주심에 감사합니다!"

물과 기름처럼 섞일 수 없는 정과 사.

사사혈궁이라는 공통의 적을 상대하기 위하여 뭉쳤을 뿐이었다.

"아미타불⋯⋯. 소림은 부족한 곳을 지원하겠소이다."

독고유천이 천무가를 천명하자 제일 먼저 찬성을 보낸 소림사.

무림의 정신적 기둥인 소림사 덕분에 천무가는 모든 중원 무인들을 모을 수 있었다.

거기에 혈무궁의 방계 조직인 사파 칠대문파의 전격적인 합류도 누구도 예상치 못한 일이었다.

그리하여 결성된 정과 사의 대연합체 천무가.

오늘 무림에 드리운 암운을 걷어내고자 무림맹에 모인 것이었다.

창!

"여러분들이 있기에 강호가 언제나 중원 무인들 손에 있을 수 있었습니다. 가서 보여줍시다. 사사혈궁 따위에게 넘겨줄 강호가 아니라는 것을 말입니다!"

검을 뽑아 들고 분위기를 조성하는 독고유천.

이런 날에 대비하여 검황의 명으로 길러낸 천여 명의 고수들이 사사혈궁과 여러 번 접전을 해서 승리를 거두었다.

어느 날 갑자기 나타난 천여 명의 고수들.

그러나 그들 모두 검황의 무공을 펼쳤다.

의심할 나위 없는 검황의 후인들.

무림인들은 검황의 선견지명에 역시 검황이라며 감탄을 하였다.

진정한 그들의 정체를 알지 못하고 말이다.

"제가 앞장서겠소이다!"

"알겠습니다. 그럼 제가 그 뒤를 따르겠습니다."

"저도 따르겠습니다!"

듬직한 체구에 정광이 번뜩이는 독고유천.

그가 앞장을 서자 뒤이어 무림인들이 줄을 이었다.

'흐흐흐. 바보 같은 놈들!'

독고유천은 무림맹으로 뛰어드는 순간 그대로 달려 무림맹을 벗어날 것이었다.

제아무리 독고유천이라 해도 광염방이 만든 수천 발의 대천폭뢰탄을 견딜 수는 없었다.

"갑시다!"

사방에서 명을 기다리는 모든 무인들이 들을 수 있도록 내공을 돋워 소리치는 독고유천.

"와아아아! 천무가 만세!"

"신장천왕 만세!"

당당한 독고유천의 모습에 만세를 외치는 강호인들.

팟.

독고유천이 몸을 날렸다.

"와아아아! 돌격하라!"

"사사혈궁 놈들을 모조리 죽여라!"

무엇이 어떻게 돌아가는지도 모르고 검 한 자루만 든 채 몸을 날리는 강호 무인들.

선두로 치고 가는 이들과 달리 뒤에 머물며 소리만 내지르는 이들도 있었다.

생과 사의 모든 것이 제갈세가의 손에 결정이 나 있었다.

무림맹의 높은 담장을 넘는 순간 죽어서야 그 진실을 알 것이었다.

콰광!

그때, 사사혈궁 무리들이 몰려 있다는 무림맹 안에서 작은 폭음이 터졌다.

"……."

달려가던 무인들이 서로를 바라보며 의문을 표하였다.

그러나 작은 폭음이기에 걸음을 멈추지 않았다.

콰과과과과광!

잠시 후 터지는 두 번째 강렬한 폭발음.

우르르르르르르르르!

전각이 무너지는 소리와 함께 지진이 난 것처럼 땅이 울렸다.

"뭐, 뭐야!"

"으아아아아아!"

놀란 무림인들의 발이 멈췄다.

콰과과과과과과과과과과광!

쿠구구구구구구궁!

그리고 세 번째 들려오는 엄청난 폭음.

"피, 피해라!"

"으아아아! 파편이 날아온다!"

달리던 걸음 그대로 뒤로 몸을 날렸다.

쩌억! 하고 대지가 갈라섰고, 무림맹을 이루고 있던 거대한 전각들이 통째로 뜯겨져 하늘로 치솟고 있었다.

화르르르르르르르르르르.

엄청난 화마가 허공 백여 장까지 치솟았다.

콰과과과과과과광!

콰과과광!

그리고 천지가 개벽하는 듯한 굉음이 하늘과 땅에 가득 찼다.

퍼버버버벅!

"크아악!"

선두에 달려 미처 피하지 못한 수백 명의 무인들.

하늘을 날아 지상으로 떨어지는 파편 덩어리에 그대로 몸이 찢겨져 나갔다.

콰르르르르르르르르르!

순식간에 무림맹이라 불렸던 모든 곳이 폭음과 불길에 휩싸여 버렸다.

"저, 저게 도대체……."

백년대계의 결실을 보려는 순간 일어난 예기치 못한 참사.

털썩.

제갈담운은 자신도 모르게 자리에 주저앉아 버렸다.

"이런!"

"헉!"

제갈담운의 뒤를 이어 소림사의 도원과 제갈세가원으로

변신한 혈천귀뇌, 마뇌도 눈을 부릅떴다.

천하의 제갈세가라도 이런 변수는 생각지도 못했다.

화르르르르르르르르르르.

눈앞에 벌겋게 솟아오르는 불길에 벌어진 입은 다물어지지 않았다.

대계의 혼란.

섬뜩한 불길함이 그들의 머리를 강하게 후려쳐 왔다.

"처음으로 올라와 봐요."

언제나 스쳐 지나가는 운명이었던 황학루.

굽이굽이 도는 장강을 바라다보며 황학루는 고즈넉하게 서 있었다.

"그때 했던 약속 생각나?"

"무슨 약속이요? 호호, 전 아무 기억도 없답니다."

시치미를 뚝 떼는 아연.

어느새 흘러 버린 사 년의 세월.

황학루의 하늘을 날 것 같은 처마가 눈길에 담아져 왔다.

콰과과과광!

그리고 들려오는 폭음.

얼마나 지독한 폭뢰탄을 사용했는지 황학루에서도 불길이 보이고 진동이 느껴졌다.

"옛사람 이미 황학을 타고 훌쩍 떠나니,
이곳에는 넝그러니 황학만 남아 있다.
황학은 한 번 가 다시 돌아오지 아니하고,
흰 구름만 천 년 동안 하릴없이 떠돈다."

애절함이 묻어나는 아연의 목소리.
언제나 뒷구절은 내 몫이었다.

"맑은 날 강 건너 한양 나무들 또렷한데,
싱그러운 풀밭은 앵무새 섬을 덮고 있다.
해가 저무는데 우리 고향 어디쯤 있을까,
물안개 강 위에 피어올라 나는 시름겹구나."

"가가를 떠나보내며 불렀던 시조랍니다. 그때 다시는 가가
를 만나지 못할 줄 알았는데……."
참으로 예민한 마음을 소유한 아연.
그녀의 등을 따스하게 안아줬다.
"다 오늘을 위하여 남겨둔 안배였지 않소."
"그래요. 오늘을 위해 우리는 그렇게 아픔의 계절을 보냈
나 봅니다."

"이제 황도로 갑시다. 아버님이 당신을 보면 기뻐할 것이오."

"정말 그럴까요? 머리도 이렇게 하얗고, 신교의 신녀라는 신분인데……."

자신감이 없어 보이는 아연.

"하하하. 나는 신녀를 빼돌린 무림공적에 신교의 호교총사요. 당신보다 더하면 더했지 못하지는 않소."

두려울 것이 아무것도 없었다.

세상 그까짓 것이 나를 받아들이지 않으면, 내가 그 목을 잘라 버리면 그만이었다.

"준비가 끝났습니다."

장 대주의 음성이 조심스럽게 들렸다.

황도로 가기 위하여 마차를 준비시켰다.

오늘의 일로 중원에는 한바탕 홍역을 치를 것이었다.

그리고 궁금하였다.

사악한 제갈세가가 다음에는 무슨 수를 준비했는지…….

"푸하하하하! 누구인지는 몰라도 제갈세가를 엿 먹이다니 정말 대단합니다."

오랜만에 호탕하게 웃음을 터뜨리는 금황 차극렬.

드러난 사독한 제갈세가의 음모.

무림맹 전체를 불지옥으로 만들어 버릴 계획을 세운 놈들의 잔혹함과 치밀함에 심장이 벌렁거렸다.

하지만 누군가 제갈세가의 음모를 사전에 차단하고, 먼저 무림맹을 불바다로 만들어 버렸다.

"흐흐흐. 보고에 의하면 제갈담운 그놈이 바닥에 주저앉고, 소림의 땡중 놈은 망연자실한 표정을 지었다는군."

걸왕도 입이 찢어져라 웃었다.

"이제 우리도 적극적으로 움직여야겠습니다. 무림이 아무리 멍청한 놈투성이라지만, 무언가 이상한 낌새를 느끼는 놈들이 있을 것입니다. 더욱이 목표였던 사사혈궁 놈들이 사라진 마당에 천무가가 부담스러울 것입니다."

무한이 강 건너편에 위치한 한구의 개방 지부로 사용하는 토굴 안.

걸왕과 현묘자, 그리고 금황이 앞으로의 대책을 논의하였다.

"쯧쯧. 생각있는 놈들이라면 검황이 그리 맥없이 죽을 인간이 아니라는 것을 알 것이고, 아닌 밤중에 튀어나온 도깨비처럼 천 명이나 되는 고수 놈들이 검황의 수족이라 나타난 것을 의심할 것인데. 바보 같은 놈들. 작은 욕심에 눈이 멀어 큰 것을 보지 못하다니."

걸왕이 혀를 찼다.

"그만큼 제갈세가의 계획이 치밀하고 빈틈이 없다는 것을 의미하는 것입니다. 무려 백 년 동안이나 어둠 속에서 참고 일을 추진했는데 누가 알겠습니까. 오늘 벌어진 제갈세가의 음모도 이제야 알지 않았습니까."

"그러게 말입니다. 그 도적놈들이 제 피 같은 돈을 눈앞에서 훔쳐 가는데 당할 재간이 없었습니다. 더럽게 지독한 놈들입니다."

현묘자의 말에 금황이 맞장구를 쳤다.

"이제 더 이상 가만히 있을 수 없네. 변방 무인들이 벌써 중원에 들어오고 있네. 우리들도 준비한 일을 시작해야 하네."

"흐흐흐. 놈들의 표정이 궁금하군요. 우리 복무련이 세상에 자신들의 모든 비밀들이 까발려 버리는 순간 어떤 표정을 지을지 말입니다."

제갈세가의 눈을 피해 지금껏 일을 꾸민 중원의 은거기인들.

여기 있는 이들이 전부가 아니었다.

아무리 제갈세가가 백년대계를 빈틈없이 완성해 갔다 해도 작은 허점 한둘은 있었다.

그 허점을 의심하는 이들로 구축된 무인들.

그들은 자신들을 복무련(復霧連)이라 불렀다.

어둠을 뒤집는 연맹.

복무련.

제갈세가의 뒤통수를 어둠 속에서 노리고 있었다.

第九十五章 밝았과 소림

화산지애

무림에 불기 시작하는 한 소문.

갑자기 어느 날 사방에서 근거 없는 소문이 무림맹 사건 이후 숨을 죽이고 있던 무림에 때 이른 폭풍처럼 불어 닥쳤다.

지금까지 벌어졌던 것이 다 음모라 하였다.

검황 유문혁은 마황과의 대결 후유증으로 죽은 것이 아니라 누군가의 음모로 죽은 것이라 하였다.

또한 무림맹이 분열되고 사사혈궁이 기다렸다는 듯이 도발한 것도 음모였고, 무림맹에서 폭사당한 존재들은 사사혈궁이 아닌 몽혼독에 취하여 이지를 상실한 혈무궁 무인들이라 하였다.

믿을 수 없는 사실이 열흘간 무림을 휩쓸었다.

그리고 두 번째 소문이 바로 돌았다.

소림사의 장문인을 비롯한 장로들이 모두 가짜로 바뀌었고, 혈무궁 궁주인 혈황도 죽임을 당하여 모두 사사혈궁의 수중에 진작 들어가 있었다는 것.

더욱 놀라운 것은 그 중심에 한 문파가 있다 하였다.

하지만 소문은 잠시 멈추었고, 다시 열흘이란 시간이 흘렀다.

무림은 난리가 났다.

석연치 않았지만 사사혈궁 무리들이 거짓말처럼 사라지고 천무가의 영향력이 전 무림에 퍼져 잠시나마 평화를 찾고 있는 상황에서 들려오는 소문.

사람들은 그제야 의심이라는 것을 하기 시작했다.

소문은 소문에 불과하다지만 너무나 명확하게 일치하는 소문의 내용.

모든 이들의 의구심은 자연스럽게 천무가의 초대 가주인 신장천왕이란 별호로 불리는 검황 유문혁의 제자에게 쏠렸다.

"진실을 말해주십시오! 전 무림에 퍼진 소문이 사실이 아님을 가주께서는 확언해 주셔야겠습니다."

"그렇습니다. 더욱이 검황의 마지막 모습을 본 이들은 생전에 무공을 거의 회복하신 모습이라 하였습니다. 그런데 소리도 없이 죽으셨다니요. 가주께서는 확실하게 밝혀주셔야겠습니다."

너무도 빠르게 전 중원을 접수해 버린 천무가의 영향력에 반발을 가진 이들이 많았다.

그런 상황에서 터진 괴소문.

천무가는 벌집을 쑤신 것같이 난리가 났다.

"그럼 가주께서 스승의 죽음에 대하여 거짓을 말씀하셨다는 것이오!"

평소의 냉정하던 모습과는 달리 화를 벌컥 내는 제갈담운.

"군사께서는 나설 자리가 아닌 것 같소이다. 어찌 보면 이 일은 제갈 가주께서 나서서 해결해야 할 사항이 아니오. 그런데 독고 가주의 편을 드심은 좀 그렇소이다."

비아냥거리는 남궁무용.

"맞습니다. 그리고 천무가는 전 중원을 아우르는 거대한 연맹입니다. 천무가를 이루는 저희들의 의견은 존중되어야 할 것입니다!"

황보세가의 가주 황보왕성이 남궁무용을 거들었다.

"조사단을 꾸려서 모든 사항을 명확히 밝히는 것이 앞으로의 천무가를 위해서도 좋을 것 같습니다. 독고 가주님께서는 어찌 생각하시는지요?"

　이미 이곳에 오기 전 사전 모의를 한 이들.

　정파 무림인들이 앞 다투어 독고유천을 압박하였다.

　'이놈들이!'

　이럴 줄 알았기에 불구덩이에 넣고 정리하려 했던 것이다.

　그러나 갑작스러운 변괴로 계획에 차질이 생겼고, 그때를 노리고 암중에서 누가 소문을 퍼뜨렸던 것이다.

　'개방, 이 쳐 죽일 놈들!'

　걸왕 화무개를 친구였던 제갈명성이 암습을 하여 제거하였다.

　그 이후 벌인 몇몇 계략으로 개방은 정보 이외에는 쓸모없는 존재가 되어버렸다.

　대부분의 고수들이 죽임을 당했기에 개방은 하오문과 비슷한 처지에 전락했던 것이다.

　그런데 그 개방이 천지사방에 소문을 퍼뜨리고 있었다.

　죽으려고 작정을 한 것이었다.

　"그래서 지금 내가 사부님을 죽인 범인이라는 것이오!"

　쾅!

　내공 섞인 발로 청강석의 바닥을 힘껏 치는 독고유천.

　"내가 그리 패륜을 저질렀다면 어찌 사부님의 무공을 모두 전수받을 수 있었단 말이오! 그리고 사부님께서 이런 날을 대비하여 사람들에게 거짓으로 건강한 모습을 보였다고는 왜 다들 생각하지 않소이까! 그리고 그 괴소문 덕분에 소림사는 파견했던 모든 제자들을 본산으로 불러들여 버렸소이다. 만약 이 모든 것들이 어둠에 있는 사사혈궁과 신교가 꾸민 일이라면, 어찌 책임을 지시려 하오이까!"

대전 안을 울리는 분노에 찬 독고유천의 목소리.

"……."

일순간 대전 안은 쥐 죽은 듯이 조용해졌다.

"그리고 무림맹에서 벌어졌던 알 수 없는 폭발은 사사혈궁의 음모가 아닌가란 생각이 들지 않습니까? 독고 가주님과 강호의 영웅들이 범처럼 달려드니 놈들이 놀라 폭뢰탄을 터뜨린 것일 수도 있소이다. 다들 이런 점들은 생각해 보셨습니까!"

독고유천의 말을 이어 뱀의 혀처럼 입을 놀리는 제갈담운.

"그리고 사파의 문주들께 묻겠소이다. 혈황께서 왜 사파의 주인들에게 천무가에 가서 힘을 보태라 하셨습니까? 정말 소문처럼 혈무궁이 사사혈궁에 진작 무너졌단 말입니까?"

제갈담운의 눈길이 사파의 장문인들에게 향하였다.

"저… 그게……."

말을 머뭇거리는 사파의 문주들.

"휴우, 사실대로 말하겠소이다. 사실은 혈황께서 혈무궁에

침투한 사사혈궁의 간자에게 암습을 당하셔서 운기가 불가능하다 하였습니다. 그런 까닭에 자칫 중원 무림이 도탄에 빠질까 봐 천무가에 합류하라는 밀지를 내리셨습니다."

"그렇습니다. 혈황의 밀지가 저에게도 내려왔습니다."

"저도 받았습니다."

사파의 문주들이 모두 이구동성으로 밀지를 이야기하였다.

"아니, 도대체 오대세가들은 언제 정신을 차릴 것이오! 엄밀히 따지자면 무림맹이 해체된 것은 우리 구파와 오대세가의 안력 때문이 아니었소이까! 그런데 그 추접한 사실을 왜 독고 가주께 뒤집어씌우는 것이오! 물에 빠진 사람 살려줬더니 보따리 내놓으라는 심보인 것이오이까!"

잠자코 듣고 있던 청성파의 장문인 유상이 남궁가주를 비롯한 반발 세력에 삿대질을 하였다.

"맞소이다! 말도 안 되는 헛소문을 가지고 자중지란을 일으킨다면 누가 좋을 것 같소이까? 생각이 있는 분들이라면 이렇게 행동하면 아니 될 것이오!"

점창의 장로 영운이 청성의 유상을 도왔다.

"앞으로 독고 가주와 소림을 무슨 낯으로 본단 말입니까. 해도 해도 너무들 하십니다."

"그렇소이다. 오대세가와 일문만 아니었어도 무림이 이 꼴

이 나지는 않았을 것이외다!"

오대세가와 사이가 좋지 않았던 종남을 비롯한 구파의 인물들이 오대세가를 핍박하였다.

이미 모두 다 제갈담운에게 영혼을 판 자들.

그들의 공격에 오대세가를 비롯하여 의문을 제기했던 이들의 얼굴이 파리하게 변하였다.

증거가 없는 말뿐인 상황.

자칫 모든 책임을 뒤집어쓰게 생긴 것이다.

"그만들 하십시오. 모두 다 내 불찰입니다."

씁쓸함이 가득 담긴 독고유천의 음성.

소란스럽던 대전이 한순간에 조용해졌다.

"이만들 물러가십시오. 쉬고 싶소이다."

지친 목소리가 역력한 독고유천이 눈을 감으며 물러가라 명하였다.

그 기세에 조용히 물러나는 천무가의 중요 무인들.

콰직!

그들 모두가 대전 안에서 물러나자 눈을 감고 있던 독고유천이 눈을 떴다.

그리고 권좌의 손잡이를 움켜쥐어 박살 내버렸다.

"흥분하지 말거라. 어차피 처리하려 했던 자들. 귀찮더라도 우리 손으로 해결하면 그만이다."

어느새 나타난 제갈명성.

소림사로 돌아가지 아니하고 본모습으로 돌아와 있었다.

"할아버님, 어떤 개새끼가 우리 일에 개입을 한 것일까요? 내 그놈을 잡으면……. 으드득."

이를 가는 독고유천이라 불리는 제갈유검.

"걸왕 그 친구와 몇몇 무림의 원로들일 것이다. 걸왕이 낭혈곡의 절벽에 떨어졌을 때 확인하지 않은 것이 꺼림칙하더니, 오늘과 같은 일이 발생하였구나."

"아버님, 이제 어찌해야 할까요?"

무림인들을 돌려보내고 대전으로 돌아온 제갈담운. 그의 곁으로 형제들이 함께 나타나 있었다.

"어차피 강한 놈들은 필요없다. 오늘 밤을 기해 모조리 쓸어버릴 것이다. 우리가 힘이 없어서가 아니라 귀찮아서임을 놈들에게 뼈저리게 알려주어야 할 것이다."

"알겠습니다. 그런데 아버님……. 심상치 않은 보고가 들어왔습니다."

제갈담운이 조심스럽게 입을 열었다.

"심상치 않은 보고라니? 무림맹에서의 계획을 박살 낸 놈을 찾아냈느냐?"

자신의 아버지와 수립하였던 무림말살대계.

그런데 모든 것이 완벽하게 처리되려는 순간, 막판에 일이 어긋나 버렸다.

심기가 불편한 제갈명성.

전신에서 살기가 자욱하게 피어올랐다.

"그것이 아니라 신교의 신녀 비슷한 계집이 무림에 다시 나타났다 합니다."

"뭣이! 신교의 신녀가?"

"아니, 그 계집이 어떻게!"

대전 안에 있던 제갈세가원들의 얼굴에 당혹함이 서렸다.

"그, 그럴 리가 없다. 분명 마황은 우리 가문의 일에 개입하지 않는다 하였다."

마뇌라 불렸던 제갈담운의 형, 제갈담성이 믿을 수 없다는 표정을 지었다.

"형님, 혹시 마황이 다른 이야기를 한 적은 없습니까? 자신은 아니더라도 누구를 언급하거나 그런 적은……."

"헉! 설마!"

제갈담운의 물음에 정신이 번쩍 든 모습을 보이는 제갈담성.

"무슨 일이더냐!"

심상치 않은 아들의 모습에 제갈명성이 물었다.

"그러고 보니 믿지 못할 말을 하였습니다. 마황은 그자를 언급했습니다. 용이 된 그자를 막을 자는 이제 세상에 별로 없다는 말을 하였습니다."

뜬금없이 용이라 지칭된 자.

"그게 누구입니까, 형님!"

제갈담운이 답답한 듯 물었다.

아니, 모두의 눈에 가득 의혹이 담아져 있었다.

"신룡검왕 화운룡, 그자가 나타날 것이라 말하였습니다."

"허억!"

"신, 신룡검왕!!"

생각지도 못한 제갈담성의 말에 놀라 입을 벌리는 제갈세가원들.

"그렇다면 신교의 계집과 함께 동행하고 있다는 그자가 신룡검왕 화운룡!"

무언가를 깨달은 제갈담운이 놀라 소리쳤다.

오늘 아침에 보고된 세작들의 보고서.

신녀로 보이는 계집이 하남성 엽현을 지나간다는 보고가 들어왔다.

머리칼이 하얗게 세었지만 신녀와 똑같은 생김새.

거기에 강력한 호위무사들 십여 명이 보호하고, 처음 보는 유생 놈이 함께한다는 보고.

제갈담운은 그 보고서를 듣고 반신반의하였다.

무림을 침공하지 않겠다는 마황이 한 입으로 두말할 위인이 아니라는 것을 알고 있었다.

그러나 모든 것이 확연하게 밝혀졌다.

"그렇다면 무림맹도 그놈이 방해를 했단 말인가!!"

제갈세가의 전대 가주답게 상황 파악이 빠른 제갈명성.

진노한 음성이 대전을 울렸다.

"이제야 말이 되는군요. 감히 누가 있어 우리 일을 방해할까 싶었는데……."

제갈담운은 입술을 깨물었다.

자신의 실수가 분명했다.

검황의 고통스러운 모습을 즐기려 놈을 검황이 있는 비밀뇌옥에 처박았던 것이 후회스러웠다. 그리고 그때 자신이 지껄였던 계획들.

거기서 일이 틀어졌음이 분명했다.

'빌어먹을……'

차마 입 밖으로 내지 못했다.

만약 자신이 그런 실수를 하였음이 밝혀지면 아무리 부자지간이라도 제갈명성이 용서치 않을 것임을 너무나 잘 알고 있었다.

"어서 천뢰옥에 가서 확인하거라!"

제갈명성이 소리쳤다.

"아버님, 천뢰옥엔 들어갈 수 없습니다. 진작 기관이 부숴

져 버렸고, 이번 무림맹 폭발 때 천뢰옥의 입구 또한 무너져 버렸습니다. 아마 천뢰옥의 내부도 별반 다르지 않을 것이옵니다."

제갈담운의 착잡한 음성이 뒤를 이었다.

"으드득……. 화운룡 그놈이 다시 살아났다, 이거지!"

파바밧.

감췄던 마기가 폭발하는 제갈명성.

눈동자에서 혈광이 활활 타올랐다.

"화산을 먼저 무너뜨려야 합니다. 화산으로 살아남은 무림의 조무래기들이 몰려들고 있다 합니다. 더욱이 보고에 의하면 화산의 제일고수라는 자광이라는 놈이 돌아와 한바탕 피바람을 일으켜 화산에 심어두었던 간자와 이간책을 분쇄하였다 합니다. 먼저 화산을 치십시오. 그다음 화운룡을 잡아야 합니다."

제갈담운은 아비의 눈빛 못지않은 사악한 눈동자를 굴렸다.

"결코 화운룡은 화산에 나타나지 않을 것입니다. 파문당한 제자는 다시는 문파에 나타날 수 없음이 대문파의 규율. 더군다나 화산파는 화운룡에게 씻을 수 없는 상처를 주었습니다. 제 놈이 남자라면 결코 화산에 나타나지 않을 것입니다."

화운룡이 화산에 나타나지 않을 것을 확신하는 제갈담운.

무림맹에서 듣고 보았던 화운룡에 대한 화산파의 만행.

제 놈이 사내라면 결코 화산파를 편들 수 없을 것이었다.

"힘으로 밀어붙인다. 더 이상 머뭇거리다가는 일을 망칠 수 있다. 오늘 이곳에 있는 정파 무림의 쓰레기들을 처리한다. 그리고 전 무림에 방문을 띄워라. 우리 천무가에 합류하지 않을 자는 화산에 모이라고! 그곳에서 결전을 치를 것이라고 말이다. 그리고 앞으로 우리 천무가의 명에 거역하면 멸문지화를 당할 것이라고 똑똑히 전하라!!"

파바바바밧.

사사혈궁의 모든 진전을 이은 제갈명성.

온몸에서 지독한 마기와 사기가 흘러나왔다.

보는 것만으로 숨 막히게 만드는 마기와 사기.

드디어 참았던 힘을 온 천하에 알리는 순간이었다.

'무언가 수상해, 무언가!'

방금 전 대전에서 있었던 일을 생각하며 남궁세가의 가주 남궁무용은 고개를 갸웃거렸다.

무림에 퍼져 있는 괴소문.

아무리 생각해도 사실 같았다.

검황이 그리 죽었을 리도 없고, 생전에 홀로 독야청청 무림을 주유하던 검황이 천 명이나 되는 무리들을 만들었다는 것도 이상하였다.

더욱이 독고유천을 감싸고도는 제갈담운의 모습과 구파의 수장들.

사파 놈들이야 원래 믿지 않았기에 신경도 쓰지 않았지만 청성과 점창의 적극적인 지지가 마음에 걸렸다.

'무언가 밀약이 있다. 우리 오대세가와 일문을 제외한 놈들 간의 밀약이······.'

의심이 샘솟듯 솟구치는 남궁무용이었다.

핏.

파박!

"헉! 웬 놈이냐!"

그때 갑자기 창을 통하여 날아오는 암기.

급히 몸을 날려 암기를 피했다.

'응? 저것은!'

막 암기를 날린 자를 쫓으려는 순간 보이는 암기에 매달린 서찰.

조심스럽게 독이 없나 확인을 한 후 서찰을 펼쳤다.

"헉!"

금일필사(今日必死), 즉탈출(卽脫出).

휘갈겨 쓴 글씨.

남궁무용은 순간 머리끝이 쭈뼛 섬을 느꼈다.

몽롱한 잠에서 확 깬 느낌.

갑자기 천무가가 사지처럼 느껴져 왔다.

"수상한 자들이 나타났습니다."

마차를 달려 어느새 도착한 숭산.

황도인 북경으로 가기 위해서 지나쳐야 하는 길목이었다.

아연과 함께 천하 유람을 나온 부부처럼 명승유적을 구경하며 북경으로 향하였다.

그러던 순간 앞을 막아서는 일단의 무리들.

장 대주의 음성에 긴장감이 어려 있었다.

'제법 실력자들이군.'

마차 밖에서 느껴지는 진중한 기도.

누군가 우리의 앞을 막아선 것이다.

"누구냐!"

마부석에 앉아 날카롭게 질문을 던지는 장 대주.

"신룡검왕님을 뵈러 왔소이다."

나를 알고 있는 자들.

차자장!

천마광풍대가 심상치 않음을 느꼈는지 자신들의 애병인

짧은 언월도를 빼어 들었다.

"손님들이 나를 찾아왔구려."

"피이, 반갑지도 않은 손님도 손님인가요."

요즘 따라 낮잠을 즐기는 아연이 기지개를 켜며 입술을 살짝 내밀었다.

"하하. 혹시 아오, 반가운 손님들인지."

아연의 볼을 살짝 쓰다듬고 마차의 문을 열었다.

턱.

발이 땅에 닿았다.

처저적.

"신룡검왕님을 뵈옵니다!"

발이 땅에 닿음과 동시에 내 부하들처럼 무릎을 꿇는 이들.

처음 보는 자들이었다.

"나를 아오?"

마차를 막아서고 있는 십여 명의 인물들.

회색 경장 차림의 평범한 얼굴들이었다.

그러나 감춰진 기도는 사뭇 대단하였다.

'수염들이 없군.'

제법 나이가 있어 보이는 자들이건만 얼굴에 수염이 없었다.

그렇다면 결론은 하나.

동창의 인물들이었다.

"추밀대인의 명을 모시고 왔습니다."

예상대로 구염상 스승님이 보낸 자들이었다.

"스승님이?"

역시 스승님이었다.

비밀스럽게 움직이고 있었음에도 나를 찾아낸 능력.

존경스러웠다.

"여기, 서신을 모시고 왔습니다."

동창에서도 강한 자들로 보이는 자들.

그중 앞에 있던 이가 품속에서 밀봉된 서신을 꺼내었다.

팟.

"헛!"

순간 자신의 손에서 서신이 날아가자 놀란 동창 고수.

턱.

가볍게 잡아 밀봉을 뜯은 뒤에 서신을 읽어갔다.

'소림을 정리하라고……'

내용은 간단하였다.

아비와 내 처들을 잘 보살피고 있으니 황도로 오지 말고 소림사로 가서 잡승들을 정리하라는 내용이었다.

'처들?'

단소소 하나는 오해할 만하였다.

그러나 처들이라 표현한 구염상 스승의 서찰.

무언가 내가 모르는 진실이 있는 것 같았다.

"꼭 내가 해야 하는가?"

동창의 고수들을 바라보고 질문을 던졌다.

"대인께서 그리 물으시면 이리 대답하라 하셨습니다. 사람
이 도움에 대한 밥값은 하고 살아야 한다고……."

"끙……."

참으로 친절하기 그지없는 구염상 스승.

정이 갈래야 갈 수 없었다.

"알았다. 물러들 가라."

"함께 머물며 모든 상황이 끝나면 보고하라는 명이셨습니
다."

참으로 치밀한 스승이었다.

"장 대주, 숭산에 오른 적이 있는가?"

"없습니다. 태어나서 교를 벗어난 것은 교주님과 출행한
이후로 이번이 두 번째입니다."

당당하게 자랑하듯이 말하는 장 대주.

"그럼 오늘은 숭산이나 구경 가도록 하지."

"존명!"

멀리 보이는 숭산.

팔자에도 없는 잡승 사냥을 하게 생겼다.

'도원, 이 썩을 땡중.'

그리고 생각나는 한 놈.

편안하게 보내주겠다고 약속해 놓고 비열한 수법을 사용한 그놈.

딱 당한 만큼 놈들에게 돌려줄 생각에 발걸음이 가벼워졌다.

"흐흐흐."

"아악!"

"앙탈이 심하구나."

"살, 살려주세요."

중원 무림의 정신적 지주인 대소림사.

청정한 법신을 모신 선종의 대사찰.

그런 소림의 장문인실에서 때 아닌 여인의 비명 소리가 들려왔다.

촤아아악.

"아아악!"

자신의 육신을 가려주고 있던 비단옷이 뜯겨지자 비명을 지르는 여인.

인근 낙양성 관리의 젊은 아내.

소림사에 아이를 점지받기 위하여 불공을 드리러 왔다 대낮에 납치를 당하였다.

천하의 소림에서 있을 수 없는 일.

하지만 여인의 비명이 흘러 나가도 누구 하나 장문인실에 나타나지 않았다.

"남자 맛을 아는 계집이로고. 흐흐흐. 잠시만 참거라. 이 활불께서 극락을 보여줄 것이다."

단아한 향내가 흘러넘치던 소림사의 방장실.

널브러진 술병과 고기들이 한쪽 구석에 놓여 있었고, 욕정에 시뻘겋게 달아오른 소림사 장문인 도공이 여인의 배 위에 올라타고 있었다.

"어, 어찌 스님이……."

강력한 힘으로 자신의 부끄러운 곳을 파고드는 도공의 손길에 눈물을 뚝뚝 흘리는 여인.

시집을 간 지 일 년도 안 된 갓 십대 후반의 미부였다.

"네년이 암내를 풍기는데 어찌 본 활불이 참을 수 있겠느뇨. 흐흐흐."

여인의 소담스러운 가슴을 만져 가는 두툼한 도공의 손.

여인은 질끈 눈을 감아버렸다.

지아비에게만 허락된 청백의 육신.

오늘 생각지도 못한 곳에서 유린당하고 말았다.

"흐흐흐흐……."

여인의 체념 어린 몸짓에 음소를 흘리는 소림사 장문인 도공.

자신의 하의를 까내려 하늘을 향해 치솟은 양물을 꺼내었다.

그리고 여인의 부끄러운 비부에 몸을 실어갔다.

땡! 땡! 땡! 땡! 땡! 땡!

그 순간 귓가에 울리는 다급한 종소리.

"이런, 썅!"

화끈하게 달아오르던 도공의 눈에 살기가 감돌았다.

소림사 땡중 노릇을 하느라 참았던 계집질.

이제 그 한을 풀려는 순간 급박한 종소리가 분위기를 확 깨버렸다.

퍼벅.

"흐흐, 조금만 참거라. 본 활불이 잠시 나갔다 오마."

어차피 넘쳐 나는 것이 시간이었다.

도망가지 못하도록 여인의 혈도를 짚고 장문인을 상징하는 붉은 가사를 걸친 도공.

옆에 아무렇게나 뒹굴고 있는 녹옥불장을 집어 들고 장문인실을 나섰다.

"어떤 새끼야! 잡으면 눈알을 파버릴 것이야!"

손에 들린 녹옥불장 하나면 소림에서는 왕이었다.

감히 녹옥불장의 권위를 무시하지 못하는 소림승들.

도공으로 변신한 사사혈궁의 금황호접대 순찰사자.

자신감 넘치는 발걸음으로 요란한 종소리가 울리는 소림사의 넓은 대웅전 뜰로 나갔다.

"멈추시오! 더 이상 소림을 무시하면 살계를 열 것이오!"

"크으윽."

느긋하게 오른 소림행.

하지만 나와는 달리 산문을 지키던 소림승들과 방금 전까지 내 앞을 겁없이 막아서던 백여 명의 승려들이 신음을 흘리며 낭패한 모습으로 쓰러져 있었다.

"허어, 장문인 좀 뵙자는데 너무 야박한 것이 아니오? 천하의 소림사가 언제부터 무림 동도들을 이리 박대했단 말이오."

땡중 도원 때문에 그리 좋은 감정이 아닌 소림사.

더욱이 소림사를 도원의 졸개들이 점령하고 있는 상황에서 좋은 말이 나오면 그게 더 이상하였다.

"장문인을 뵙고자 하면 조용히 방명록을 작성하고 지객당에서 기다리면 될 것을, 무력을 사용하여 이곳까지 오다니! 시주를 소림의 이름으로 용서치 않겠소!"

퍼러럭.

말과 함께 사십 중반의 승려가 승복을 뻣뻣하게 펼쳤다.

잔뜩 내공이 들어간 모습이 제법이었다.

"왜 이리 소란스러운 것이더냐!"

어느새 사방을 포위한 수백 명의 소림승들을 헤집고 십여 명의 인물들이 나타났다.

붉은 가사를 걸치고 대부분 얼굴에 허연 수염을 배꼽까지 기른 이들.

"장문인과 장로님들을 뵈옵니다."

수백 소림승들이 고개를 숙였다.

'호오, 다들 진실이 아님을 알고 있군.'

보였다.

고개를 숙여 합장을 하는 소림승들.

그들의 눈에 고통과 분노의 빛이 역력하였다.

"누가 있어 대소림에서 소란을 피우는 것인가!"

나와 아연, 그리고 묵묵히 따라오는 천마광풍대와 동창의 고수들을 바라보며 분노의 빛을 보이는 소림사 장문인 도공.

그러나 놈은 도공 장문인이 아니었다.

또한 장로라는 작자들도 마찬가지.

소림승이라면 정순한 불문의 내기가 느껴져야 하건만 놈들의 몸에서는 극악한 사기가 뿜어져 나왔다.

"하하하, 하하하하!"

터져 나오는 웃음.

"네 이놈! 감히 이 자리가 어디라고!"

소림의 장로라는 작자의 입에서 살기 섞인 일갈이 튀어나왔다.

"뭐? 이 자리가 어때서."

반말이 튀어나왔다.

"이런 천둥벌거숭이 같은 놈! 뭐 하는가! 어서 백팔나한진을 펼쳐 저놈들을 찢어 죽여라!"

반말 한마디에 찢어 죽이라 명하는 장문인.

개놈의 새끼였다.

하지만 장문인의 명을 따르지 않는 소림승들.

고통스러운 눈빛으로 이를 악물고 있었다.

그 모습을 바라보던 장문인이 비웃음을 지으며 손에 들고 있던 녹옥으로 만들어진 불장을 치켜들었다.

"소림 제자들은 장문령을 받들라!"

녹옥으로 빛나는 부처가 조각된 불장.

말로만 듣던 소림 장문영부인 녹옥불장이었다.

"장문령을 받드옵니다!"

갈등하던 소림승들이 녹옥불장의 권위가 내세워지자 고개를 숙여 깊숙이 합장을 하였다.

경건하기 그지없는 자세.

천 년 소림의 힘이 느껴졌다.

하지만 그 순간 역겨움이 가슴속에서 치밀어 올랐다.

"흐흐흐. 백팔나한들은 저놈들을 모조리 쳐 죽여라! 이는 장문령으로 내려진 명령이로다!"

사악한 웃음을 흘리는 장문인 도공.

"장문령을 받드옵니다."

순진한 건지 멍청한 건지 모를 소림승들이 무표정한 표정으로 장문령을 받들었다.

"푸하하하하하하하하하하!"

가슴속에서 치밀어 오르던 분노가 박장대소로 이어졌다.

거짓을 알면서도 한낱 허상에 묶여 자신의 마음을 속이는 이들.

이들이 어찌 부처님을 모시는 승려들이라 할 수 있겠는가.

문파에서 내려오는 규율에 얽매여 자유를 박탈당한 자들.

번뇌의 업장에서 빠져나오지 못하는 바보 같은 땡중들이었다.

퍼러러러럭.

장문령이 내려지자 백팔나한으로 보이는 자들이 주저없이 나를 에워쌌다.

파바바바바밧!

그리고 불기 시작하는 백팔승들의 내기.

옷자락이 펄럭였고, 끓어오르는 분노가 하늘을 치솟기 시작했다.

스륵.

빈손에서 피어나는 새파란 검의 형상.

마음으로 만들어진 검.

오늘 깨닫지 못한 소림의 업장을 모조리 부숴 버릴 것이었다.

모조리 죽여서라도.

'운룡……'

사랑하는 이들의 마음은 연리지처럼 서로의 심장이 연결되어 있었다.

그리고 한 남자를 너무나 사랑하는 여인 아연은 가슴이 싸늘해지는 기분을 맛보았다.

다정하기 그지없던 남자.

힘없는 자들을 위하여 기꺼이 자신을 내던질 줄 아는 남자가 지금 분노하고 있었다.

무림이라는 냉혹한 세상에 나와서 온갖 상처를 받은 남자가 분노하였다.

두근두근.

아연의 작은 심장이 뛰었다.

부디 모든 아픔을 딛고 예전의 남자로 돌아가기를 소원하는 여인.

모두 다 자기 잘못인 것 같았다.

자신을 만나지 않았다면 이렇게 힘들게 살지 않았을 남자의 운명.

하지만 여인은 미안함 속에서도 감사함을 느꼈다.

이 모든 것이 일체의 신들이 내린 운명의 섭리라는 것을 여인은 잘 알고 있었던 것이다.

'운룡, 베어버리세요. 당신을 얽매는 모든 것을 베어버리세요. 그리고 하늘을 나세요. 훨훨 창공을 날아 하늘의 주인이 되세요.'

사랑하는 이를 위한 간절한 소망.

"타앗!"

그 순간 무림의 전설로 불리는 소림사 백팔나한진 속에서 하늘로 비상하는 용의 울부짖음이 들렸다.

퍼버버버버버벙!

"크아아아아악!"

"켁!"

"헉!"

무림의 전설로 불리는 백팔나한진.

드넓은 소림사 대웅전 앞뜰에서 백팔 개의 비명이 울렸다.

후드드드득.

그리고 피어나는 붉은 꽃잎.

아직 철쭉이 필 시기도 아니건만 소림사 대웅전의 넓은 뜰에는 붉은 꽃들이 어지럽게 피어 있었다.

"크으으으……."

"쿨럭."

회색빛 가사를 붉게 수놓은 핏덩이들.

깨어지지 않는다는 소림사의 이름 같은 백팔나한진이 단일 수만에 박살이 났다.

그것도 온전히 대지 위에 서 있는 자들이 없을 정도의 참패.

백팔승들이 일어나지 못하고 바닥을 뒹굴었다.

"쯧쯧. 지옥에 가면 더 고통스러울 것인데 벌써부터 엄살이란 말인가."

혀를 차는 잔인한 놈.

소림사 장문인과 장로들로 변모해 있던 사사혈궁의 금황호접대 사자들은 마른침을 삼켰다.

강자였다.

그것도 자신들의 힘으로 어찌할 수 없는 초절정을 넘어서버린 무인이었다.

저벅저벅.

놈이 다가왔다.

입가에 싸늘한 미소를 지으며 빈손으로 터벅터벅 걸어왔
다.

"오, 오지 마라! 뭐 하느냐! 놈을 쳐 죽여라!"

놀라 터지는 장문인 도공의 명.

그러나 움직이는 소림승들은 없었다.

백팔나한진이 단 일 수만에 깨진 충격에서 깨어나지 못하
고 있는 것이었다.

"사자들은! 놈을 죽여라!"

이를 악물고 발작적으로 소리치는 장문인 도공, 아니, 사사
혈궁의 금황호접대 조장.

"죽어라!"

"크아아!"

붉은 가사를 펄럭이며 마공을 뿌리며 달려가는 사사혈궁
의 사자들.

"후후……"

그 순간 놈의 입이 사악한 웃음을 뱉어내었다.

그리고 짓쳐 올라간 손.

어느새 심검의 파란 불길이 활활 타오르고 있었다.

쇄애애애애애애액—

허공을 갈라오는 사사혈궁 놈들의 마공.

천하를 위진시켰던 사사혈궁의 무공답게 매섭고 악랄하기 그지없었다.

쉬익.

손에 들린 검이 가볍게 허공을 그었다.

화드드드드.

그 순간 피어나는 매화를 닮은 검화.

피비비비빗.

피는 순간 철시처럼 날아오는 놈들을 향해 꽃잎이 달려갔다.

퍼버버버벅!

"크아아아아악!"

"케에엑!"

처절하게 들리는 비명.

십여 명이 넘는 놈들이 허공에서 그대로 멈춰 있었다.

검화가 지나간 육신에 큼지막한 혈화를 꽃피우면서.

쿠구구궁.

챙그랑.

구멍이 숭숭 뚫린 채로 바닥에 널브러진 육신.

이미 산자들이 아니었다.

"으헉……."

비명을 터뜨리며 주춤주춤 물러나는 장문인으로 변신한
사사혈궁의 졸개.

"막, 막아라! 장문령이다! 놈을 막아!"

악다구니를 쓰며 장문영부인 녹옥불장을 허공에 휘저었
다.

스윽.

손을 내밀었다.

"으헉!"

순간 놈이 쥐고 있던 녹옥불장이 강력한 허공섭물의 내기
로 나를 향해 움직였다.

"안 돼!!"

자신의 목숨이라도 되는 양 두 손으로 녹옥불장을 움켜쥔
놈.

"후후……."

눈이 그자의 양손을 바라보았다.

파밧.

"크아악!"

비명이 튀고, 녹옥불장이 쏜살같이 날아와 내 앞에 나타났
다.

아직도 미련을 버리지 못하는 잘려진 두 손목이 콱 움켜진

채로.

"크아악! 크아악!"

돼지 멱따는 비명을 지르는 놈.

촤아아악.

잘려진 두 손목에서 피가 피분수를 이루며 뿜어져 나왔다.

척.

놈의 손목이 붙어 있는 녹옥불장을 치켜들었다.

"장, 장문영부를 뵈옵니다!"

내 손에 들린 녹옥불장을 향해 떨리는 입술을 여는 소림사의 승려들.

"푸하하하하하하하!"

중생들을 어리석다 하더니 참으로 어리석은 중들이었다.

그깟 하나의 불장을 자신의 목숨보다 소중하게 여기는 소림승들.

"무지한 놈들이로다!"

분노의 음성이 가슴 깊은 곳에서 터져 나왔다.

"크윽!"

"컥!"

내공이 가득 담긴 일갈에 입에서 피를 토하며 자리에 주저앉는 소림의 승려들.

"네놈들 눈에는 이것이 부처로 보이더냐! 푸하하하하하하!"

손에 가득 들어가는 내공.

콰자자자자작.

산산이 부서지는 녹옥불장.

투두두둑.

대웅전 돌바닥에 소림가의 장문영부인 녹옥불장의 잔해가
시끄러운 소리를 내며 굴러다녔다.

"돌아간다."

"존명!"

나를 향해 존경의 눈빛을 보내던 천마광풍대.

존명을 외치며 호위하였다.

"나, 나무아미타불……."

"나무아미타불. 나무아미타불. 나무아미타불."

주저앉은 자세로 눈을 감고 불호를 외우는 승려들.

그 순간 그들의 몸에서 맑은 서기가 소림사의 향처럼 은은
하게 퍼져 나오기 시작했다.

第九十六章 화산으로! 화산으로!

화산지애

천무가의 광오한 포고령.

무림인들로 인하여 도탄에 빠진 백성들을 위하여 의로운 검을 들 것을 선포한 천무가의 포고령.

앞으로 천무가의 일을 방해하는 자들은 그 누구든지 멸문지화를 당할 것이라는 오만한 방이 천하 사방에 뿌려졌다.

그리고 그 포고령에는 화산파에 대한 응징이 결정되어 있었다.

천무가에 대립하고자 하는 겁없는 자들이 모이고 있는 화산파를 천무가의 이름으로 멸문시켜 버린다 하였다.

그리고 첫 번째로 멸문지화를 당한 문파가 나타났다.

천무가 지부가 되기를 공식적으로 거부한 강서 여산파의 오백여 문도들 전원이 몰살을 당하였다.

문파에서 기르던 개새끼들조차 목이 잘렸다.

그것을 시작으로 절강의 무의문과 복건의 황의검문, 산동의 태산파 등등 십여 개 문파가 천무가의 명을 거절했단 이유만으로 멸문지화를 당하였다.

전 무림이 경악하였다.

단지 천무가의 일에 동조하지 않는다는 이유만으로 펼쳐진 처절한 살육.

검황의 제자라는 신장천왕과 검황의 무림 파멸을 위하여 조직했다는 검황대로 인한 피바람.

경악 뒤에 침묵이 있었고, 침묵 뒤에 소리없는 분노가 있었다.

그리고 그 분노 뒤에 하나의 소문이 마른 갈대에 붙은 불길처럼 전 중원을 강타했다.

바로 이 모든 음모의 중심에 천하 현자의 가문이라는 제갈세가가 있었다는 사실.

소림사의 백팔무왕이라 불리던 도원 대사가 바로 제갈세가의 전대 가주인 제갈명성이었고, 그가 바로 사사혈궁의 보이지 않는 궁주였다는 것이다. 또한 신교의 두뇌였던 마뇌도

제갈세가의 인물이었고, 혈무궁의 두뇌였던 혈천귀뇌도 제갈
세가 인물이었다는 소문.

거기에 무려 백 년간이나 천하를 집어삼키기 위하여 무서
운 계략을 세워 추진했다 하였다.

전 무림이 공포와 두려움에 벌벌 떨었다.

믿는 도끼에 발등이 아닌 머리통이 찍히는 충격적인 소문.

무림이 위기에 빠질 때마다 지혜로써 천하를 구했던 제갈
세가의 배신.

더 충격적인 사실은 검황의 제자라던 독고유천이 무림맹
총군사 제갈담운의 아들이라는 사실과 검황이 검황대라는 것
을 만든 적도 없다는 소문이었다.

무림인들은 그 소문을 믿지 않으려 했다.

말도 안 되는 엄청난 음모라 생각했다.

그러나 소림사가 도원 대사의 정체를 온 천하에 밝혔고, 혈
무궁의 살아남은 고위급 무인이 혈무궁이 왜 허망하게 무너
졌는지를 밝히면서 무림은 걷잡을 수 없는 충격을 받았다.

결정적으로 천무가가 부정을 하지 않는다는 것.

오직 검으로써 피의 바다를 이루며 명을 듣지 않는 문파들
을 멸문시킬 뿐이었다.

전 무림이 들고 일어났다.

근 일 년 동안 벌어진 참사로 수만 무림인들이 죽어나갔건

만 죽음을 두려워하지 않고, 검을 든 무인이라면 모두 화산으로 모이기 시작했다.

제갈세가의 더러운 음모를 죽음으로 맞서겠다는 필사의 각오.

매화꽃망울이 물들어가는 화산으로 무인들의 대이동이 시작됐다.

그와 반대로 일신의 영달을 꾀하던 사파와 상당한 정파 무인들이 천무가에 합류하였다.

충격적이게도 천하 무림의 아홉 기둥이라던 구대문파의 청성과 점창, 그리고 종남파가 적극적으로 천무가를 지지한 것이었다.

무림 분열.

백 년의 음모를 꾸몄다는 제갈세가가 창조한 천무가에 복속하여 사냥개가 되어 먹이를 받아먹는 존재가 되느냐, 아니면 하루를 살더라도 자유스러운 강호 무인으로서의 삶을 살아가느냐의 결정.

분열 뒤에 혼란이 왔고, 자연스럽게 곳곳에서 천무가를 지지하는 무인들과 자유를 부르짖는 무인들이 피를 튀기며 싸웠다.

그리고 자유를 외치는 무인들은 화산파로 모여들기 시작했다.

천무가가 공포한 대결전의 날이 십 일 앞으로 성큼 다가왔기에 망설일 시간이 없었다.

훗날 전 무림 역사상 가장 치열하고 뜨거웠던 화산대전(華山大戰)은 그렇게 시작이 된 것이었다.

"오랜만이오, 설 궁주."

"하하. 그러게 말입니다, 걸왕 선배님."

"저도 왔습니다, 걸왕 선배님."

"나무아미타불."

"오오! 유 문주, 그리고 보타신니께서도 어려운 걸음을 하셨소이다."

무림을 구하기 위하여 수십 년 동안 암중에서 힘을 비축했던 복무련.

련주를 맞고 있는 걸왕의 입이 함박만 하게 벌어졌다.

멀리 북해와 보타산, 그리고 남해에서 천여 명이 넘는 고수들을 데리고 찾아온 고마운 이들.

제갈세가가 육성한 사사혈궁의 고수들을 상대하기 위해서는 이런 고수들이 반드시 필요하였다.

"안으로 들어가시지요. 작은 연회가 준비되었습니다."

금황 차극렬이 조심스럽게 입을 열었다.

변방의 문파들이지만 구파에 못지않은 고수들과 깊은 전

통을 보유한 대문파.

더욱이 이번 화산대전에 없어서는 안 될 귀중한 손님들이었다.

"하하. 보타신니께서는 아직도 청춘이시오."

"나무관세음보살. 현묘자께서는 이제 부처님을 뵈올 때가 얼마 남지 않은 것 같습니다. 그전에 업장을 참회하고 부처님께 귀의하시기를 간절히 축원하옵니다."

"끙……."

보타신니라 불리는 보타문의 문주.

세수 칠십이 넘었건만 오십도 안 돼 보였다.

그만큼 강력한 내공을 소유한 비구니였으며, 동시에 입담이 날카로워 어지간한 사내는 말도 나누지 못할 정도로 기가 셌다.

"하하하. 현묘자야, 천하의 지혜를 다 꿰뚫면 무엇하느냐. 보타신니를 여전히 한마디도 이기지도 못하는구나."

걸왕 화무개가 전음으로 현묘자를 놀렸다.

그만큼 수십 년 동안 보타신니와 악연인 현묘자.

입을 내밀며 회의장 안으로 들어가 버렸다.

"자, 다들 들어갑시다. 이곳에서 화산은 하루 거리이니 오늘은 푹 쉬었다 갑시다."

동관에 마련된 거대한 막사.

금황 차극렬이 자신의 비밀 금고를 털어 아낌없이 투자하고 있었다.

'흐흐. 제법 고수들이 모였구나.'

금황 차극렬은 수장들을 따라온 남해와 북해빙궁, 그리고 보타암의 고수들을 바라보며 흐뭇한 표정을 지었다.

천무가를 물리치면 과거보다 더 금화련의 영역이 넓어질 것은 뻔한 일.

일생일대의 도박이었다.

그리고 그 도박에서 고수들만큼 안전한 패는 없었다.

'화산에 벌써 이만이 넘는 무인들이 모였다는데. 놈들도 다 알고 있겠지?'

멀리 보이는 화산을 바라보며 입맛을 다시는 금황.

개방의 정보에 의하면 천무가가 있는 남경에서 일만이 넘는 천무가를 지지하는 무인들이 장강을 타고 양번현에 이르렀다 하였다.

무인들의 거리로는 고작 삼 일 거리.

이제 결전의 날이 얼마 남지 않은 것이다.

'에휴, 그런데 아령이와 문혁이는 왜 코빼기도 안 비치는 것이야! 아직도 황도에서 화상락이라는 중늙은이를 보필하는 것인가?'

답답하기만 한 자식 농사.

큰아들놈은 어느새 걸왕의 후계자가 되어 거지도 그런 상거지가 없었다.

"극렬아! 뭐 하느냐? 술상을 얼른 들여야지!"

그때 들리는 걸걸한 걸왕의 전음.

"예! 예! 갑니다요."

자신의 실력으로는 도저히 금화련을 찾을 수 없는 상황.

한때 돈으로 천하를 주무르던 금황이 오늘은 점소이가 되어야 했다.

먹고사는 것.

천하의 갑부도 그리 쉬운 삶이 아니었다.

두두두, 두두두두.

뿌옇게 먼지를 일으키며 달리는 오천의 기마.

금위군을 상징하는 금용이 수놓아진 깃발이 기마와 함께 바람을 가르고 있었다.

"이럇!"

그 오천 기마의 선두에서 힘차게 말에 박차를 가하고 있는 이들.

난주 운룡상단의 상단주이자 천하에 이름을 떨쳤던 신룡검왕 화운룡의 아비 화상락이 선두에 서서 달리고 있었다.

금위군을 이끄는 수장도 아니건만 당당한 기운이 전신으

로 흐르는 화상락.

그를 알던 이들이 못 알아볼 정도였다.

'내 아들을 해한 놈들! 다 죽여 버릴 것이다!'

세상에 단 하나뿐인 아들.

그 귀중한 아들을 해한 자들은 모조리 죽이리라 다짐하며 화상락은 눈을 부릅뜨고 달렸다.

"끼럇!"

그리고 좌청룡 우백호처럼 화상락을 호위하는 두 여인.

정식으로 성혼을 하지 않았지만 입으로 서방이라 불렸던 이를 잃어버려 과부 아닌 생과부가 된 두 여인.

금화신녀 차아령과 인풍단 부단주 단소소가 싸늘한 표정으로 말을 몰았다.

사랑하는 남자를 잃은 여인의 한.

제갈세가의 남자들을 모조리 거세시키리라 마음속으로 다짐하며 달리는 중이었다.

두두두, 두두두.

중원 무림의 위기를 구하기 위하여 황제의 특별명을 받은 오천의 금위군.

전신갑주를 걸친 그들의 몸에서는 황명을 받은 군사로서의 위엄이 가득 흘러넘쳤다.

"호호호. 알아서 이만이나 모였다니 다행이군."

남경을 떠나 배를 타고 양번현을 지나 화산과 불과 삼 일 거리에 있는 강가에 배를 대고 뭍에 내리는 일만의 천무가 무인들.

절정고수 급에 이른 수천 명의 사사혈궁 무인들과 혈무궁에서 추려낸 쓸 만한 고수들, 그리고 중원 각지에서 몰려든 사냥개들.

소림사 도원이라는 가면을 벗고 본모습으로 돌아온 제갈명성이 음흉한 미소를 지었다.

화산에 모인 이만의 중원의 무인들.

그들을 쓸어버리면 위대한 가문의 새 역사가 펼쳐지는 것이었다.

"아버님, 모든 준비가 끝났습니다. 출발하시지요."

제갈명성이 명령을 기다리고 있는 무인들을 바라보며 흡족한 미소를 지었다.

사사혈궁의 무인들을 제외하고는 대부분 알아서 머리를 숙이고 들어온 이들.

그들의 수뇌는 전부 금혼단을 복용하여 자신들의 명을 따를 수밖에 없었다.

"할아버님, 제가 선두를 맡겠습니다!"

듬직한 모습의 독고유천, 아니, 제갈세가의 제갈유검이 검을 들고 포권을 취하였다.

"그러도록 하여라! 네가 앞으로 다스릴 천하이니 선봉에 서는 것이 옳도다!"

손자의 모습에 고개를 끄덕이는 제갈명성.

완벽하였다.

백여 구의 구유혈천강시에 신교의 무인들도 한 수 접어야 할 일천의 사사혈궁 정예들. 거기에 말 잘 듣는 사냥개들까지 모든 것이 완벽하였다.

그리고 결정적으로 제갈명성은 자신이 있었다.

신교의 마황도 물리칠 수 있는 경지에 이르러 있었다.

사사혈궁의 무공뿐 아니라 소림사 역사상 단 두 명만이 수련했다는 달마역근세수경의 모든 무리를 다 깨달은 자신이었다.

천하에 두려울 것이 아무것도 없었다.

"출발하자! 염라대왕을 기다리게 하는 것도 예의가 아니니라. 하하하하."

힘차게 웃으며 출발을 명하는 제갈명성.

"출진하라!"

"모두 출발하라!"

사방에 울려 퍼지는 함성.

길가에 피기 시작하는 들꽃들이 바람에 흩날리며 가느다

란 꽃잎을 가엽게 떨었다.

힘차게 걸음을 옮기는 인간들이나 자신들의 삶이나 화무
십일홍의 똑같은 운명.

그저 안타까워 몸을 흔들 뿐이었다.

"총채주님, 놈들이 드디어 뭍에 올랐습니다!"

"그래? 흐흐흐. 그럼 시작하자!"

"존명!"

어울리지도 않는 존명을 외치는 장강수로채의 총군사 양
혁필.

천무가의 무인들이 실력 없는 무인들을 배에다 남겨놓고
떠나자 멀리서 지켜보고 있던 공승필이 나타났다.

그리고 속속 모습을 드러내는 천여 명의 수적들.

'흐흐. 이삭줍기라. 거, 좋다~!'

요즘 천무가가 설치는 통에 장강을 통행하는 배들이 줄어
들었다.

그런 까닭에 영업(?)에 커다란 손실을 보았던 공승필.

강가에 길게 늘어서 있는 수백 척의 선단에 입이 찢어지기
일보직전이었다.

넓고 넓은 장강에서 배는 곧 돈.

없어서 못 팔아먹는 배들이 싱싱한 상태로 잡아먹어 달라

기다리고 있었다.

"쳐라!"

공승필의 입에서 떨어지는 명령.

"와아아아아아!"

"배를 뺏어라!"

언제나 배고픈 수적들답게 무식한 도를 들고 달려갔다.

"적이다!"

"막아라!"

천무가에 자원하였지만 배나 지킬 정도로 별로 쓸모가 없는 무인들이 강과 사방에서 천여 명의 수적들이 달려들자 기겁을 하였다.

"움하하하하! 난 수로투왕 공승필이다! 목숨이 아까우면 모두 대가리 처박아라!"

놀라는 가운데 수적들에게 대항하려던 천무가 소속 무인들.

갑자기 장강의 물살이 놀라 튀어 오를 정도의 엄청난 일갈에 전의를 상실해 버렸다.

수로투왕 공승필.

무림에서 명성이 자자한 그를 막을 자는 이곳에 아무도 없었던 것이다.

"채주님! 빨리 정리하고 가야 합니다. 녹림의 형제들이 기

다리고 있습니다!'

앞으로 어찌 될지 자신을 추궁하는 공승필 덕분에 양혁필은 매일 밤 처녀귀신 화령을 만나야 했다.

그러나 요 며칠 동안 화령이를 극락으로 보낸 양혁필의 표정에는 당당함이 어려 있었다.

요즘 장강수로채에 머물고 있는 인풍단원들이 구해다준 양기의 보고, 금양쌍두사.

사나이 가슴을 당당하게 만들어준 뱀탕을 마신 후 양혁필은 공승필의 신임을 더욱 두텁게 받을 수 있었다.

그리고 기분이 좋아 천기를 누설한 화령이 덕분에 양혁필과 공승필은 일대 도박을 할 수 있었다.

어둠에서 양지로 나설 수 있는 절호의 기회.

화산을 향해 삼만 녹림 형제들이 모여들고 있었던 것이다.

"죽일 놈들!"

"내 그럴 줄 알았어! 쌍!"

"더럽고 치사한 놈들! 사랑하는 동생을 무림공적으로 만들어놓고 오래 행복하게 살 줄 알았더냐!"

씩씩거리며 화산을 오르는 세 사람.

전 무림맹 철사자단 소속인 섬서일검 장인홍과 양의패검 류용, 그리고 팔비신검 염청웅의 얼굴은 분노로 일그러져 있었다.

맹주라는 작자를 호위하다가 하나뿐인 동생 화운룡이 무림공적이 되었다는 소식을 들었다.

하지만 너무나 확실한 증거에 벙어리 냉가슴 앓고 있다가 화운룡이 천뢰옥에 갇히는 순간 무림맹을 떠나 초야에 은거하였다.

그러다 모든 사실이 명명백백하게 밝혀지자 무림에 재출두하였다.

"제갈담운, 그놈의 모가지는 내 몫이다!"

"난 다리!"

"난! 몸통을 맡겠다!"

파밧.

경공을 펼치면서 자신들을 철저히 우롱한 총군사 제갈담운에 대한 살의를 팍팍 풍기는 철사자단 삼인방.

하나뿐인 동생을 끝까지 믿어주지 못한 자신들의 마음에 채찍질을 하였다.

그리고 그 채찍질은 제갈세가에 대한 진한 살의로 바뀌었다.

"이 바보 멍청아! 어서 나와! 나오란 말이야!"

매화의 꽃망울이 하나둘씩 피어나는 화산.

문파에 죄를 지은 자들이 칩거하는 수십 개의 참회동 앞에서 매화검수 설수란이 소리를 쳤다.

"야! 막여량! 지금 화산이 위기에 빠졌단 말이야! 네가 좋아하는 그 잘난 화산파가 문닫게 생겼단 말이야! 바보 멍청이! 미련한 놈아……. 흑흑."

벌써 며칠째 참회동 앞에서 소리를 치는 설수란.

그러나 그녀가 부르는 사랑하는 이는 모습을 드러내지 않았다.

참회동은 스스로 갇히는 곳.

자신이 마음의 문을 열지 못하면 세상에 나올 수 없었다.

그리고 화산파 역사상 장문인의 명을 어기고 참회동을 박차고 나온 제자는 지금껏 단 한 사람도 없었다.

"화산이 사라진다고……. 바보야……."

힘없이 주저앉아 뚝뚝 눈물을 흘리는 설수란.

고았던 그녀의 뺨은 화산에 불어 닥친 광풍에 여위어 있었다.

"쯧쯧."

그때, 주저앉아 눈물을 펑펑 쏟던 설수란의 귀에 들려오는 낯익은 혀 차는 소리.

"누가 죽었어? 화산이 무너졌어? 에휴, 넌 언제 철들래? 걱정이다. 너 같은 계집애를 누가 데려갈지."

그의 목소리.

설수란은 급히 고개를 들었다.

씨익.

바람에 비어버린 왼팔을 펄럭이며 아무렇지 않게 씨익, 웃음을 짓고 있는 남자.

언제나처럼 헝클어진 머리칼과 진한 자신만의 체취를 사방에 뿌리며 서 있는 남자.

"우아아아아아! 여량아!"

세상에 무서울 것 없던 매화검수 설수란이 눈물을 터뜨리며 막여량의 품에 와락 안겼다.

"너 이러면 딴 놈한테 시집 못 간다."

잘려 나간 한 팔 때문에 사랑하는 여인을 가슴 깊이 안아주지 못하는 막여량.

오른팔로 개미허리 같은 설수란의 허리를 안아갔다.

"나쁜 놈아! 볼 거 안 볼 거 다 봐놓고 어딜 가라는 거야! 책임져! 책임지란 말이야!"

두 주먹을 살짝 쥐고 막여량의 탄탄한 가슴을 때리는 설수란.

막여량의 억센 팔이 설수란을 가슴에 묻어버렸다.

"걱정하지 마."

설수란의 뒤로 보이는 굳건한 화산의 바위를 바라보는 막여량.

"화산은 내가 지킬 것이니까……."

세상 그 무엇도 가로막을 수 없는, 화산의 자랑스러운 아들의 굳센 눈빛이 그 안에 담겨져 있었다.

자잘한 폭풍 따위에 부서지지 않는 화산의 천만 년 바위를 닮은…….

또로록.

투박한 나무잔에 떨어지는 맑은 빛깔의 죽엽청.

싸구려 주향이 가득 주루에 퍼져 있었다.

꿀꺽.

무표정한 눈빛의 남자가 독한 잔을 들이켰다.

'운룡…….'

남자를 자신의 목숨보다 사랑하는 여인은 가만히 남자를 바라보았다.

사랑하기에 너무나 잘 알고 있는 남자의 마음.

세상에서 받은 상처가 아직 가시지 않고 깊은 생채기로 남아 있었다.

그리고 갈등하는 남자.

버림받고 파문당한 문파에 대한 애증.

버릴 수도 없고, 버리지도 못하지만 다가설 수도 없었다.

이미 문파에 자신의 사랑의 징표인 검을 넘겨 버렸다.

하지만 지워지지 않는 사랑.

여인은 살며시 질투가 났다.

아무리 보아도 자신보다 더 사랑하는 것이 확실한 남자.

자신이 눈앞에 있건만 날이 새도록 싸구려 죽엽청만 마셔 대고 있었다.

"저도 한 잔 주세요."

투박한 나무잔을 내밀었다.

말 대신 조용히 바라보는 남자의 눈.

새끼를 잃어버린 맹수처럼 가슴으로 울고 있었다.

또로록.

잔에 담기는 맑은 술.

여인은 잔을 들어 조그마한 입을 열고 남자처럼 거침없이 한 가득 마셨다.

"크윽⋯⋯."

목젖을 타고 흐르는 진한 고통.

고통은 목을 타고 흘러 가슴을 날카로운 비수로 찔러대었다.

아팠다.

술이 아니라 날카로운 독배처럼 싸구려 죽엽청은 상상을 불허할 정도로 남자의 입 안에 삼켜졌다.

벌써 세 동이째.

조그마한 주루에 마지막 남은 술이었다.

"가가……. 당신과 헤어질 때, 이렇게 독주를 마신 것처럼 가슴이 아팠답니다. 사랑하지만 헤어져야 하는 그 마음. 겪어 보지 않아본 사람은 알 수 없을 것이에요."

여자의 입이 천천히 열렸다.

여인의 말에 남자의 무심한 눈이 천천히 떨렸다.

"짧은 순간이었지만 함께했던 강과 달과 별, 그리고 우리의 시간. 모든 것이 소중해서 어느 것 하나 버릴 수 없었답니다. 당신이 내게 준 이 비파처럼 내 마음은 온통 사랑하는 이의 모든 것으로 가득 차 있었습니다."

여인의 진한 사랑 고백.

여인의 두 눈동자는 그때를 생각하는지 몽롱하게 빛이 났다.

"사랑이란 그런 것 같아요. 피하려 해도 피할 수 없고, 지우려 해도 지울 수 없는 내 혼백의 흔적……. 그 혼백의 흔적을 모래 위에 그려진 그림처럼 지울 수는 없답니다. 사랑이 그리 쉽게 지워지면 그건 사랑이 아닌 것이지요."

남자를 바라보는 여인의 눈에서 진한 사랑이 흘렀다.

"가세요. 저는 당신의 사랑으로 넘쳐흘러 며칠 동안은 참을 수 있답니다. 가서 아낌없이 사랑하고 오세요."

여인의 입가에 아름다운 미소가 피어났다.

"당신의 화산을 지켜주고 오세요."

퍼걱.

남자의 손에 들려 있던 나무 술잔이 가루가 되어 흩어졌다.

심하게 흔들리는 눈동자.

주체할 수 없는 감정에 씰룩이는 얼굴 근육.

스윽.

여인이 그런 남자의 무릎 위에 안겼다.

스륵스륵.

그리고 곪아서 터져 버린 상처 때문에 아파하는 남자의 머리칼을 부드럽게 쓸어 담아갔다.

"아연……."

남자의 입에서 흘러나오는 따스한 음성.

"네……. 가가."

사랑하는 이의 부름에 활짝 미소 짓는 여인.

"고맙소. 그리고 사랑하오."

그 어떤 사랑 고백보다 무겁고 강한 남자의 사랑.

여인은 고개를 끄덕였다.

"알아요. 어서 가요. 당신의 눈 먼 사랑에 질투가 나기 전에 어서 가서 당신의 사랑을 구해주세요."

또로록.

남자의 눈에서 흐르는 눈물.

여인의 고운 두 손이 남자의 눈물을 닦아주었다.

"가세요. 가서 활짝 날개를 펴서 하늘을 나세요. 나의 사랑! 운룡, 구름 속의 용이여."

주술처럼 울리는 여인의 목소리.

그 순간 남자의 눈은 푸른 정광으로 불타오르기 시작했다.

잃어버린 사랑.

그 사랑을 다시 찾은 남자의 심장.

어느새 자신을 애타게 기다리는 넓은 바위들의 고향.

화산으로 향하고 있었다.

第九十七章 화산지애

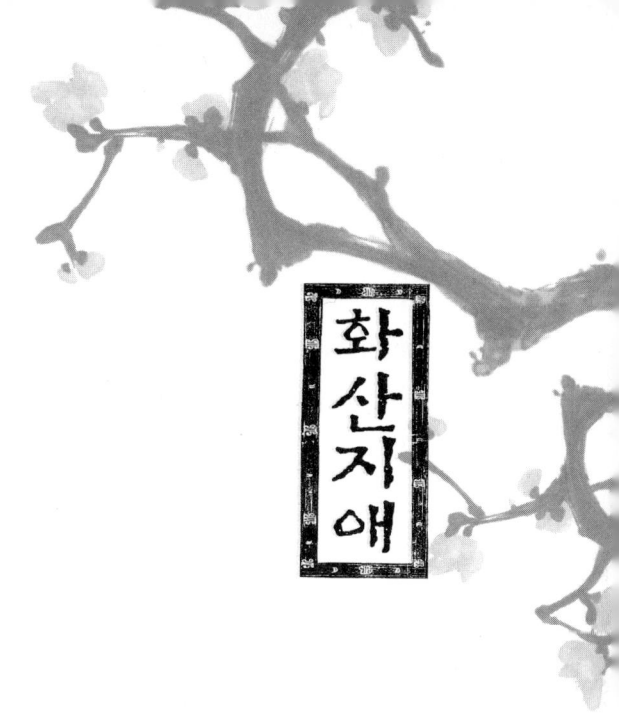

　　　　"푸하하하하!"

　화산.

　곳곳에 핀 매화가 하룻밤 사이에 만개하였다.

　앞으로 다가올 살육의 쾌감에 사악한 마음을 드러내는 웃음이 봄날의 하늘에 울렸다.

　　"할아버님, 소자가 단숨에 쓸어버리겠습니다."

　화산의 입구에서부터 한 자루 무기를 들고 서 있는 강호인들.

　그들의 모습을 바라보며 모든 음모의 주재자 제갈명성이

박장대소를 터뜨렸다.

그리고 할아비와 아비를 닮은 신장천왕 제갈유검이 싸늘한 조소를 지으며 먹잇감을 노려보고 있었다.

"쓸어버려라! 단숨에 화산파 본산까지 밀어붙인다!"

떨어지는 제갈명성의 명령.

"존명!"

무기를 뽑아 들고 혈광을 뿌리던 일만의 천무가 무인들.

과거 정파였던 자들도, 사파였던 자들도 모두 살기에 물들어 있었다.

이 순간 자신들이 정(正)이요, 저 앞을 막는 자들은 사(邪)였던 것이다.

"모두 죽여라!"

"와아아아아! 천무가 만세!"

파바바바밧.

앞으로 다가올 천무가가 줄 고깃덩이에 영혼과 육신을 판 무인들.

가슴에 새겨진 천(天)이라는 글자가 자신들의 영광스러운 미래를 담보하고 있었다.

그리고 오늘, 사냥개답게 미친 듯이 적의 목을 물어뜯어야 할 것이었다.

"더러운 천무가의 개새끼들이 온다!"

"막아라! 모조리 죽여라! 강호에 저런 배덕자들은 없다!"

"와아아아아!"

한 자루 애병에 자유를 꿈꾸는 강호인들.

천무가 무인 못지않게 핏발선 눈으로 마주 달려갔다.

파바바바바바박!

채재재재재재쟁—

차자자자자자장!

수없이 많은 암기가 허공을 갈랐다.

그리고 부딪치는 검과 검.

저마다 꿈꾸는 미래를 위하여 목숨을 담보 잡힌 자들의 함성.

"크아아악!"

"켁!"

터져 나오는 비명.

하나뿐인 목숨들이 비명과 함께 화산의 입구에 뿌려지기 시작했다.

"흐흐흐. 대가리 놈들은 위에 있을 것이다! 나를 따르라!"

잡다한 피라미들이 벌이는 혈전.

다가올 승리에 마음이 급한 제갈명성이 몸을 날렸다.

파바밧.

그 뒤를 따라 제갈세가의 주력들인 사사혈궁의 무인들 수백 명과 제갈세가의 중요 고수들이 몸을 날렸다.

저항이 만만치 않은 무인들.

그들을 단숨에 무너뜨리기 위해서는 중요 고수들을 잡는 것이 선수였다.

"크아아악!"

앞을 막아서는 모든 자들을 날려 버리는 사사혈궁의 진전을 이은 무인들.

추풍낙엽이 때 이른 화산에 붉은 피로 깃들었다.

"크크크. 모두 죽여라! 모조리!"

피에 취한 광인이 된 제갈유검.

본성이 악한 자였건만 지금껏 검황의 제자로, 무림맹주와 천무가의 가주로서 가식적으로 살았었다.

하지만 이제 마음껏 자신의 사악한 마음을 개방하였다.

쇄애애애애액—

한때 무림을 구했던 검황의 검황천황검.

수많은 검기의 파편을 만들어내며 무림인들을 도륙하였다.

신장천왕이라는 명호답게 하늘의 악신처럼 검을 휘두르는 제갈유검.

순식간에 백여 명의 무인들이 허망하게 목숨을 잃어야

했다.

"아, 악귀다!"

"으으으……."

격을 달리하는 제갈유검의 무공.

자유를 위하여 검을 들었던 강호인들이 공포에 뒷걸음질 쳤다.

"크크크크. 도망갈 곳은 어디에도 없다."

사방에 흩뿌려진 피와 시체들의 파편에 붉게 눈동자가 물들어 버린 제갈유검.

파바밧.

손에 들린 검에서 새파란 독기들이 뭉실뭉실 피어올랐다.

"뒈져라!"

촤악.

몸을 날리며 뒷걸음치는 무림인들의 사이로 파고드는 제갈유검의 검.

쇄애애애애애액—

허공을 가르는 검.

"으아악!"

자신을 덮치는 독니 같은 검기에 놀라 미리 비명을 지르는 무림인들.

눈을 질끈 감았다.

어차피 죽을 육신.

자신의 몸에서 튀길 피들과 살점들을 볼 용기가 없었다.

까가가가가강!

그 순간 귓가에 들리는 검의 비명.

"네, 네놈은!"

자신이 뿌린 검기들이 모두 막히자 놀라는 제갈유검.

"똥개도 제 집에서는 반절은 먹고 들어간다. 감히 화산에 와서 더러운 검을 뿌리다니, 오늘 네놈의 곱창 구경 좀 해야 겠다. 퉤!"

왼팔이 잘린 도객.

오른손에 쥐고 있는 도에 침을 뱉으며 백정처럼 도를 움켜 쥐었다.

"호호호호. 그리 안 해도 네놈만 보면 마음이 편치 않았다. 그런데 알아서 나타나다니. 불쌍한 놈."

놀람도 잠시, 오른손에 도를 들고 나타난 막여량을 향해 살 소를 날리는 제갈유검.

"네놈이 무림을 이끄는 무림맹주였기에 그동안 참았다. 네 놈의 잘난 비무 때문에 죽어간 나의 사형들. 오늘 그 빚을 갚 아주겠다."

십 년이 다 되어가는 동안 참았던 분노를 드러내는 막여량.

저 눈앞에 있는 놈 때문에 문파의 명을 가지고 소림사에 가던 사형들이 죽었다.

화산파 매화검수 복장을 보고 다짜고짜 비무를 청했던 자.

아무리 비무가 생사를 장담할 수 없다지만 놈은 잔인하게 사형들의 가슴에 도를 쑤셔 넣었다.

그리고 놈은 비웃었다.

화산의 검으로는 자신을 이길 수 없으니 다음에는 도들 들고 덤비라고, 그 약속을 지키면 목숨만은 살려주겠다고 말이다.

그날 막여량은 복수를 위하여 화산의 검을 버렸다.

아무리 복수 때문에 한 약속이지만 약속은 약속.

매화검수의 명예를 위하여 막여량은 검을 버리고 도를 들었다.

그리고 지금껏 오늘을 위하여 살아왔다.

검황의 제자이자 무림맹의 맹주 직을 수행하는 자를 자신의 사사로운 은원 때문에 결투를 청할 수는 없었다.

하지만 오늘, 하늘이 허락하사 못다 한 결투를 벌일 수 있었다.

"와라. 썩을 놈의 늑대 새끼야!"

팟!

자신을 향해 검을 드는 제갈유검을 향해 외팔이 도객 막여량은 내공을 전부 끌어올렸다.

오늘을 위하여 참았던 화산견도라 불리며 받았던 수많은 수모.

저놈의 머리통을 잘라 그 원한을 갚을 것이라 다짐하였다.

"가소로운 놈! 이거나 받아라!"

검황의 무공을 대부분 전수받은 제갈유검.

휘리리리리링.

순식간에 날린 검에서 와류검(渦流劍)이 뿜어져 나왔다.

"타앗!"

날아오는 와류검을 향해 몸을 날리는 막여량.

그의 도에서 진한 매화 향기가 풍겨져 나오기 시작했다.

잊혀졌던 화산의 도법.

매화풍류도법.

수백 년 만에 모습을 드러내는 순간이었다.

쉬이익—

퍼버벙!

"그, 그놈이 오고 있소이다!"

어차피 일을 쉽고 빠르게 마무리 짓기 위하여 제갈세가 놈들이 화산파 본산으로 올라올 것임을 알고 있었다.

그렇기에 화산의 입구에 전 무림을 방패 삼아 놈을 유인하였다.

그리고 놈이 올라온다는 신호탄이 빠르게 화산파 본산을 향해 피어올랐다.

"음······."

지옥의 후레자식이 분명한 제갈세가 놈들이 올라오자 중원의 마지막 남은 고수들의 입에서 신음이 흘러나왔다.

아직까지 단 한 번도 본신의 힘을 드러내지 않았던 도원이라 불렸던 제갈명성.

백팔무왕이었을 당시에도 검황의 뒤를 이은 정파의 최고수라 은연중에 불렸다.

그런 그가 적이 되어 나타났다.

그것도 도저히 가늠할 수 없는 무공을 소유하고서.

"저기 오는구려."

고수들 앞에 서 있는 화산의 제일고수 자광 진인.

본산으로 다가오는 가공할 마기를 감지하고 담담한 음성을 뱉었다.

"움하하하하하하하하!"

갑자기 산 밑에서 터져 나오는 광소.

쉬이이이익.

허공으로 치솟는 그림자 하나.

차작.

십 장 높이로 튀어 오르던 그림자가 가볍게 지상에 착지하였다.

파바바밧!

그 뒤를 따라 올라오는 수백 개의 그림자.

순식간에 화산파 본산 연무장은 지독한 마기로 물들어 버렸다.

"하하하. 나를 기다리고 있었더냐."

청수하기 그지없는 사십대 학사로 보이는 제갈명성.

자신을 기다리고 있는 백여 명의 중원 무인들을 향해 호탕한 웃음을 터뜨려 주었다.

파바밧.

그 순간 휘몰아치는 내기의 폭풍.

제갈세가와 사사혈궁의 고수들을 향해 내뿜는 무인들의 분노가 담긴 살기들이었다.

"아……."

어느새 가득 피운 화산의 매화.

꿈에서도 잊을 수 없던 화산의 정경.

백 장 넓이의 거대한 바위는 태양빛을 받아 은은한 미소를 짓고 있었고, 바람을 이기고 바위에 뿌리를 박은 소나무는 천년 화산의 기상이었다.

그리고 코로 진하게 파고드는 어지러운 매화향.

백매화와 홍매화가 곳곳에 피어난 화산의 절경은 그대로
였다.

"내가 왔다……. 화산아."

화산을 떠나는 순간부터 그리웠던 화산의 품.

세상에서 받았던 모든 상처를 화산의 맑은 기운이 쓰다듬
어 주었다.

"하아~ 하아~"

두 팔을 벌리고 마음껏 화산을 가슴에 담았다.

살 것 같았다.

탁하고 더러운 세상의 찌꺼기들이 날숨을 따라 뱉어졌고,
맑고 선한 화산의 정기가 들숨을 따라 온몸을 휘돌았다.

나를 잊지 않고 있었다.

나만 화산을 사랑하고 화산은 나를 잊었다 생각했건만, 그
것은 나만의 착각이었다.

화산은 저 바위처럼 그대로였고, 번뇌에 휩싸인 나만 화산
을 마음속에서 잊고 있었던 것이다.

휘리리리링.

옥녀지가 보이는 바위 위로 불어오는 화산의 바람.

옷자락을 날렸다.

바보처럼 화산을 잊고자 했던 못난 내 마음을 날렸다.

그리고 흐르는 내 눈물도 날렸다.

"이제 내가 널 지켜주마. 화산아, 화산아. 나의 화산아."

차자장.

바람을 타고 들려오는 검들의 비명.

감히 신성한 대지를 탐욕의 발길로 밟은 자들.

용서할 수 없었다.

'저, 저것은!'

화산에 빨리 가고자 하는 마음에 길이 아닌 산맥을 타고 화산으로 들어섰다.

그리고 지금 서 있는 곳은 예전 설수아가 목욕을 하던 옥녀지가 훤히 내려다보이는 기암의 바위.

그 정상의 바위틈에서 뻘겋게 녹이 슨 검집이 보였다.

화산견도 막 사형을 따라 양기에 대한 면밀한 고찰을 하였던 그때.

제일 처음으로 받았던 화산의 검을 놓고 갔었다.

부르르르.

온몸이 떨렸다.

파문당할 때 반납하였던 화산의 철검.

속가제자들이 사용하는 평범한 철검.

그 검은 화산이 나에게 준 사랑의 정표였다.

그렇기에 화산의 위기를 알고도 정표가 없기에 사랑하는 이를 찾아오지 못했었다.

그런데 지금 그 사랑의 정표가 녹슨 채로 뒹굴고 있었다.

쉬익.

바위틈에서 비바람을 피하였지만 세월의 풍상을 견디지 못한 철검.

떨리는 내 손으로 조심스럽게 날아왔다.

"흐윽……."

손에 잡힌 녹슨 철검.

무거웠다.

내가 들었던 그 어떤 물건보다 더 무거운 철검의 무게.

온 화산이 그 안에 담겨 있는 착각이 들었다.

'제발!'

검이 뽑혀지기를 바랐다.

사랑하는 화산이 나를 위하여 감춰놓았던 또 다른 정표.

스긍.

검집과 검이 맞닿은 부분의 녹이 떨어지며 검이 비명을 질렀다.

가슴에 느껴지는 버림받은 검의 비명.

왜 이제야 찾아왔냐고!

그동안 얼마나 보고 싶었는지 아냐고!

한 번도 나를 잊은 적이 없었다고!

검이 울부짖었다.

투둑.

여인도 아니건만 속절없이 흐르는 눈물.

스르륵.

부드럽게 검집의 표면을 손으로 닦았다.

사랑하는 여인을 달래듯 온 정성과 사랑으로 매만지는 손길.

그리고 다시 검의 손잡이를 잡고 검을 조심스럽게 빼었다.

스르르릉.

서서히 모습을 드러내는 사랑하는 이의 나신.

떨어지는 내 눈물을 머금고 녹슬어 버린 철검의 나신이 드러났다.

"……."

격동에 부르르 떨리는 손.

창!

그리고 드러나는 온전한 검의 모습.

풍상에 찌들어 윤기는 잃었지만 그 안에 담겨 있는 화산의 정기는 그대로 품고 있는 철검.

위이이잉.

검이 울기 시작했다.

처음에는 소리 죽여 울던 검이 어느새 녹슨 껍질을 벗고 싶은 듯 몸부림을 쳤다.

팟.

내공을 불어넣었다.

따스한 마음과 온전한 사랑의 마음으로 새 생명을 창조하는 신성한 의식처럼 검에 내 마음을 담았다.

푸스스스스.

떨어지는 세월이 남긴 상처.

파아아아아아아아앗.

그리고 드러나는 맑은 화산의 정기.

윙! 윙! 윙!

완벽하게 과거를 벗어던진 철검이 내 손에서 기쁨의 비명을 질렀다.

"우아아아아아아아아아아아!"

터져 나오는 가슴 저 밑바닥의 함성.

파밧.

화산의 넓은 창공에 몸을 날렸다.

"하하하하, 하하하하하하하하!"

그리고 그 순간 나는 볼 수 있었다.

온 화산이 나를 품어주려 두 팔을 힘껏 뻗는 것을……

콰콰과광!

"크아아악!"

'빌어먹을 개새끼……'

온몸이 부서질 것만 같은 충격.

막여량은 자신의 의지와는 상관없이 허공을 날아야 했다.

퍼버버버벅!

십 장을 날아 돈 떼먹고 도망치다 잡힌 노름꾼처럼 바닥에 패대기쳐졌다.

우지직.

하필이면 오른팔이 바닥에 제일 먼저 닿으면서 엿가락처럼 부러졌다.

그리고 오른 다리와 어깨뼈가 그 충격을 이기지 못하고 으스러졌다.

살아도 최소 몇 달은 병신처럼 지내야 할 상황.

막여량은 핏물 때문에 흐릿해지는 눈으로 미칠 정도로 맑은 봄날 화산의 하늘을 바라봐야 했다.

딱 삼십이 초만의 패배.

그동안 남 몰래 갈고닦았던 매화풍류도법.

썩을 놈의 검황 검법에 변변한 공격 한 번 못해보고 깨져버렸다.

"크하하하! 한 번 안 되는 놈은 영원히 안 되는 것이다!"

기고만장한 놈의 음성.

십 년 전이나 지금이나 재수없기는 마찬가지였다.

그리고 놈의 말마따나 안 되는 것은 안 되는 것이었다.

'썩을, 수란이 년 생과부 되게 생겼네.'

고통이 극에 달하면 아무런 느낌이 없다 하였다.

딱 그 상황이 된 막여량.

느릿하게 돌아가는 눈동자 속에 설수란의 요염한 자태가 문득 떠올랐다.

'씨파, 한 번도 못했는데.'

복수 때문에 삼십이 다 되어가는 마당에 남녀상열지사 한 번 못 치러본 막여량.

억울한 생각에 무거운 눈꺼풀도 감기지 않았다.

'설수란! 시집가지 마라! 죽어서도 넌 내 거야. 흐흐흐.'

어차피 죽을 목숨.

음흉한 미소를 입가에 지으며 막여량은 화산을 가슴에 그렸다.

언제나 패배자인 자신을 안아주었던 화산.

죽은 뒤에도 자신을 따스하게 품어주리라 의심하지 않았다.

"잘 가라, 화산의 잡종아."

입가에 희죽 웃음을 짓고 있는 미친 외팔이 매화검수.

그놈의 심장을 향해 제갈유검은 검을 치켜들었다.

이놈을 죽이고, 몇몇 놈들만 더 쓸어버리면 끝날 화산대전.

천무가의 무인들이 화산에 모여든 무인들을 곳곳에서 도륙하고 있는 장면이 보였다.

스윽.

하늘 높이 치켜드는 장검.

"흐흐흐."

비웃음과 함께 내리꽂혀 가는 검.

쇄애애애액—

그 순간 갑자기 등 뒤에서 느껴지는 섬뜩한 기운.

"헛!"

놀란 제갈유검이 급히 몸을 돌려 날아오는 살기를 쳐내었다.

탕!

검에 부딪치는 강한 충격.

파바밧.

뒤로 삼 장이나 물러나며 제갈유검은 급히 암기를 날린 놈을 찾았다.

'매화꽃!'

그 순간 다시 허공을 날아오는 매화꽃 한 송이.

철로 만든 암기, 아니, 하다 못해 나뭇가지 같은 물건도 아닌 하늘거리는 매화꽃.

경거망동하지 못하고 제갈유검이 날아오는 매화꽃을 힘껏

갈라갔다.

파스스.

"허억!"

갑자기 무시무시한 기세로 날아오던 매화꽃이 제갈유검의 검에 나풀거리며 바닥에 떨어져 내렸다.

상상을 불허할 진기의 운용.

"누구냐!"

제갈유검은 그제야 고개를 들어 암기를 날린 자를 찾았다.

"오랜만이다. 독고유천, 아니, 제갈세가의 개."

제갈세가의 개라 부르며 십 장 전방의 허공에 표표히 떠 있는 놈.

"헉! 네, 네놈은!"

많이 변하기는 했지만 자신을 향해 싸늘한 조소를 짓고 있는 자.

손잡이가 녹슨 철검을 들어 제갈유검을 가리키고 있었다.

"흐흐흐. 화운룡, 안 뒈지고 살아 있었구나."

상대가 화운룡이라는 사실을 알자 적이 안심이 되었다.

아무리 놈이 강하다 하더라도 자신은 검황의 무공을 전수받은 제자.

질 까닭이 없었다.

스응!

검을 매섭게 휘두르며 심기를 다스리는 제갈유검.

그때 들려오는 화운룡의 음성에 풀려가던 심장이 차갑게 얼어붙어 버렸다.

"네놈 사부가 보고 싶다더구나. 독으로 빚어진 화홍주 한 잔이 간절하시다더라."

"사…… 사부!"

검황 유문혁과 자신만이 아는 비밀을 꺼내놓는 화운룡.

"으아아아! 사부는 죽었어! 이 새끼야! 어디서 구라야!"

하지만 제갈담운이 검황을 살려놓고 잔인하게 십 년 동안 고문했음을 모르는 제갈유검.

죽은 사부 이야기를 하는 화운룡을 향해 검황의 비전검법 인 검황천황검법의 마지막 한 수.

검황파천의 일식을 펼쳤다.

왠지 이는 불길함.

혼신의 힘을 다한 일검을 날렸다.

촤르르르르르르르.

강호를 구한 검황의 일검.

파천이라는 이름답게 하늘을 갈기갈기 찢어발길 엄청난 검식이 하늘을 뒤덮었다.

"바보, 그건 검황의 검이 아니다."

그 순간 귀에 들려오는 화운룡의 차가운 전음.

파바밧.

놈의 손에 들린 검이 갑자기 수십, 수백 자루가 되어 놈의 천지사방을 뒤덮었다.

환영도 아니건만 순식간에 만들어진 검의 그림자.

쇄애애애애애애애애애액―

병풍처럼 놈을 뒤덮던 검이 갑자기 공간을 격하며 날아왔다.

"허억!"

하늘에서 떨어지는 수백의 유성우 다발.

눈동자에 너무나 많은 빛의 폭풍이 휘몰아쳤고, 제갈유검은 눈을 감았다.

사사사사삭.

그리고 스쳐 가는 낯선 검의 향기.

퍼버벅!

갑자기 다리 밑이 허전해지며 몸이 바닥으로 기울었다.

철푸덕.

귓가에 들리는 낯선 파육음.

"으으으……."

눈을 들었다.

그리고 보았다.

두 조각으로 잘게 다져진 자신의 두 다리가 균형을 잃고 쓰러지는 것을.

"켁!"

뒤를 이어 찾아오는 끔찍한 고통.

제갈유검은 엎어진 상태로 손을 들어 자신의 천령개를 내려치려 하였다.

파바밧.

하지만 그것도 그의 뜻대로 안 되었다.

"네놈의 사부가 기다리고 있다. 이렇게 죽으면 섭하지."

저승사자 같은 차가운 놈의 목소리.

그것이 제갈유검이 기억하는 화산대전의 마지막 순간이었다.

"막 사형, 그만 일어나시지요. 여기가 안방도 아니고. 쯧쯧."

타다닥.

온몸에 느껴지는 누군가의 손길.

따스한 기운이 온몸을 휘돌았고, 막여량은 순식간에 정신이 돌아왔다.

그리고 자신을 향해 혀를 차는, 반갑지 않은 사제의 모습에 일순간 얼굴이 일그러졌다.

"야, 새꺄! 이제 화산은 네가 지켜. 늙은 사형이 지키다가

장가도 못 가보고 뒈질 뻔했잖아!"

반가움이 울컥 솟아올랐지만 입에서 튀어나온 것은 '새꺄' 라는 욕.

"쳇, 알았수다. 화산은 내가 지킬 터이니 사형은 화산의 멧돼지나 지키쇼!"

투덜거리는 하나뿐인 화산의 사제.

두두두두, 두두두두.

그때 지축을 울리는 기마 소리가 들려왔다.

"금위군은 역적들을 토벌하라!"

그리고 들리는 누군가의 위엄에 찬 목소리.

"크하하하! 녹림의 형제들이여! 정의를 위하여 싸우라!"

녹림과는 어울리지 않는 정의라는 말도 들려왔다.

"나한승들은 지옥에서 기어나온 악귀들을 멸하라!"

"옴 마니 반메훔! 옴 마니 반메훔!"

또한 소림승들의 진언도 들려왔다.

고개를 힘겹게 들어 갑자기 사방에서 몰려온 이들을 바라보던 막여량.

씰룩거리며 입술을 비집고 특유의 비아냥거림이 튀어나왔다.

"씨파…… 개판이군."

아수라장이 따로 없는 전장.

금위군과 소림승, 그리고 수만 무인들이 뒤섞여 개판을 이루고 있었다.

"단주님!"

공승필 형님에게 의탁해 있던 인풍단원들이 나에게 달려왔다.

"와줘서 고맙다."

"별말씀을! 실 가는 데 바늘이 따라가는 것은 당연한 것이지요."

실력이 향상되자 여유까지 넘치는 인풍단원들이었다.

"우리 사형을 좀 부탁하네."

"걱정 말고 다녀오십시오."

화산파 본산에서 풍겨 나오는 가공할 기운들.

그곳에 제갈세가 놈들의 수괴들이 있음이 분명했다.

'아, 아버님!'

몸을 날려 본산으로 가려는 순간, 눈부신 검광을 뿌리는 몇몇 무인들이 눈에 들어왔다.

평생 다시는 검을 잡지 않을 것이라 여겨졌던 게으른 아버지가 천무가의 무인들을 도륙하다시피 하고 있었다.

변해 있었다.

능히 일류는 넘어서는 경지.

아버지의 검에서 자광 스승님의 향기가 배어 나왔다.

"타앗!"

차자장.

그리고 그런 아버지의 곁에서 매섭게 한이 담긴 검을 뿌리는 두 여인.

차아령과 단소소였다.

'설마! 저 두 여인이 스승님이 말하던 나의 처?'

갑자기 머리를 스치는 말도 안 되는 생각.

"아버님! 위험해요!"

"앗! 아버님, 이쪽으로 피하세요!"

그러나 이내 들리는 두 여인의 아버님이라는 목소리에 하늘이 아득하게 멀어졌다.

분명 아버지인 화상락에게 아들은 나 하나뿐.

주워온 양아들이 없는 이상 저들이 아버님이라 부르는 이는 내 아버지가 분명했다.

"고맙다! 며느리들아!"

그리고 내 의심을 확인해 주는 아버지의 기쁜 음성.

팟.

순식간에 내 발은 나도 모르게 대지를 박차고 있었다.

쉬이이익.

까가가가가강!

"크으윽……."

"크윽."

연달아 들리는 신음들.

절정을 넘어선 이들의 대결.

화산파 본산의 연무장이 깊이 파이고 돌멩이들이 사방으로 비산하였다.

화산파와 오대세가의 살아남은 가주들, 그리고 변방 대문파인 북해빙궁과 보타암, 남해검문의 궁주와 가주들이 신음을 흘렸다.

천무가의 고수들.

사사혈궁과 정파, 사파 배신자들의 합공.

제갈세가의 고수들이 나서지도 않았건만 밀리고 있었다.

"푸하하하하하!"

제갈명성이 만족한 대소를 터뜨렸다.

"이 잡놈의 명성아! 그 시커먼 주둥이 다물고 나와 한판 뜨자! 이 역병에 걸려 급살 맞아 뒈질 놈아!"

개방의 전대 방주이자 친구인 제갈명성에게 암습을 당하여 외팔이가 되고, 수십 년을 어둠 속에서 숨어 지냈던 걸왕 화무개.

상황이 불리하자 앞으로 나서며 삿대질을 하였다.

"하하하. 거렁뱅이가 아직도 죽지 않았구나. 그냥 그때 죽었으면 차라리 편했을 것을."

걸왕이 나서자 심심하던 차에 잘됐다는 표정으로 앞으로 나서는 제갈명성.

그러자 일순간 싸움이 중단되었다.

실력이 비슷비슷한 이들끼리 붙었기에 더 이상의 공격은 무의미한 상태였다.

"이놈! 불알친구라 믿었건만 네 아비가 마누라 바뀌듯 친구의 등에 비수를 꽂았느냐!"

"뭣이! 이놈이!"

이 자리에서 알고 있는 제갈세가의 비밀 아닌 비밀.

제갈명성의 아비였던 제갈륜은 사사혈궁의 무공을 얻고서 성격이 변해 버렸다.

마공의 영향에다가 좋은 씨를 얻기 위하여 본처를 놔두고 계집종까지, 수백 명의 여인을 죽을 때까지 건드렸다.

그렇기에 제갈세가는 그 비밀을 쉬쉬하며 감췄건만, 천하개방의 주인이었던 걸왕은 모든 것을 알고 있었다.

"왜? 이 사생아 같은 놈아! 네 어미가 누군 줄이나 아느냐?"

제갈명성의 가장 큰 마음속의 약점.

사랑이 아닌 백년대계를 위하여 만들어진 제갈명성.

백여 년의 세월을 살아온 그였지만 이 비밀만은 죽어서도 세상에 밝히고 싶지 않았다.

"죽인다!"

분노를 품는 순간 전신에서 검은 마기와 사기들이 모락모락 피어올랐다.

"한번 해보자! 이 후레자식아!"

욕으로 시작해서 욕으로 끝이 나는 걸왕의 걸쭉한 입담.

슈욱!

어느새 걸왕의 손에는 개를 잡을 때 쓰는 청강금철로 만들어진 타구봉이 들려 있었다.

창!

제갈명성의 손에 들리는 고색창연한 보검.

제갈세가의 가보인 청룡검이었다.

"죽어라!"

밝혀지는 가문과 자신의 치욕에 몸을 날리는 제갈명성.

"너나 뒈져, 새꺄!"

걸왕도 지지 않고 타구봉을 휘둘러 갔다.

슈슈슈슉!

개방의 방주만이 수련할 수 있는 백팔타구봉법.

개방의 초대 방주가 개를 잡다 깨달았다는 개방의 신화 같은 봉법.

누렁이를 두드려 패서 하늘을 뒤집는다는 황구복천의 일 격.

처음부터 절초가 허공을 갈랐다.

퉁!

화려하고 무식한 걸왕의 무공과는 달리 붓을 들어 점을 찍 듯 허공에 가벼운 일초식을 뿌리는 제갈명성.

파아아아앗.

처음은 미약하였다.

그러나 걸왕의 전면에 어느새 다가선 검기.

"으헉!"

전신을 으스러뜨릴 듯 몰려오는 가공할 기운에 걸왕이 비 명을 터뜨렸다.

퍼버벙!

그리고 들려오는 개 가죽 터지는 소리.

"커컹!"

걸왕이 몽둥이에 얻어터진 개처럼 펄쩍 튕겨 나갔다.

"……."

단 일 초의 승부.

무림오왕 중 한 명이었던 걸왕이 단 일 초에 패배를 당한 것이었다.

침묵이 맴돌았다.

그 누가 있어 무림오왕 중 일인을 이리 아작 낼 수 있단 말인가.

"으으……."

황급히 걸왕을 받아들인 개방의 장로들.

걸왕의 전신에는 시퍼런 멍이 들어 있었다.

상대할 수 없는 내가기공.

제갈명성의 무위를 느낄 수 있는 단순하면서도 무서운 일격이었다.

"크크크. 일초지적도 안 되는 것들이."

비웃음을 잔뜩 머금고 침묵에 빠져 든 고수들을 바라보는 제갈명성.

스윽.

그의 손이 치켜 올라갔다.

그러자 기세가 오른 천무가의 고수들이 독기 오른 무기를 치켜들었다.

"그 일 초, 내가 한번 받아보겠소."

그때, 여태껏 잠자코 있던 화산파 대장로 자광이 앞으로 나섰다.

"네놈이 화산파 제일고수라는 자광이라는 놈이냐?"

"그렇소."

제갈명성의 물음에 담담히 대답하는 자광.

온몸에서 아무것도 느껴지지 않았다.

처음부터 무(無)였던 것처럼 아무런 기세도 뿜어내지 않는 자광.

'이놈이…….'

그러나 제갈명성은 알 수 있었다.

저런 놈이 더 위험하다는 것을 말이다.

창!

여태 뽑지 않았던 검을 뽑아 드는 자광.

검을 뽑는 순간 잠잠하던 자광의 기운이 화산의 기운을 닮아가기 시작했다.

빼어나고 드높은 화산의 기상.

서릿발 같은 검기가 자광의 검에서 풍겨 나왔다.

"호오, 제법이구나."

감탄을 터뜨리는 제갈명성.

지금 제갈명성에게는 자광이 한 자루 날카로운 검으로 느껴졌다.

심검합일의 경지.

여기서 어떤 심검을 더 깨달았는지는 모르지만, 보이는 모양만으로도 위화감이 들었다.

청!

자광 장로의 모습에 웃음을 거두고 검을 세우는 제갈명성.

파바바바바바.

삼십여 장을 사이에 두고 검은 기운과 맑은 기운이 격돌하였다.

"……."

숨죽인 모든 무인들.

이 한 번의 대결로 화산대전이라 무림에 회자되는 오늘의 결전이 마무리될 것이다.

그리고 단 한 번도 일통당하지 않았던 강호 무림이 천무가라는 거대한 단체에 복속될 수도 있었다.

휘이이이잉.

화산에 부는 위기를 알았는지 때 아닌 강한 바람이 화산파의 본산에 휘몰아쳤다.

사락사락.

바람을 타고 흩날리는 매화 꽃잎들.

매화의 달콤한 향기가 모든 이들의 코를 간질였다.

그리고 날아든 매화 꽃잎들은 두 사람이 뿜어내는 진기에 갇혀 휘돌기 시작했다.

쉬리릭, 쉬리릭.

갈수록 더해지는 두 사람의 심력 대결.

꿀꺽.

누군가의 마른침이 거칠게 목젖을 타고 내려갔다.

"타앗!"

"크하하하!"

그때, 자광의 신형이 먼저 하늘을 갈랐다.

검과 하나가 된 듯 허공으로 치솟는 자광.

쉬익.

일검을 뿌렸다.

파라라라라라라랏.

순간 하늘 위에 너풀너풀 흩날리던 매화꽃들 사이로 백팔 개의 빛의 매화가 피어났다.

"생, 생화지경!"

누군가의 놀란 목소리.

소림에 달마역근세수경이, 무당에 태극혜검이 있다면 화산에는 살아 있는 매화처럼 검화가 피는 생화지경의 전설이 있었다.

"화산만화!"

화산에 울리는 낭랑한 자광의 음성.

화드드드드드.

꽃비가 내렸다.

바람을 타고 날아온 매화가 진짜 매화인지, 자광이 만들어 낸 매화가 진짜인지 알 수 없는 순간.

허공에 떠 있는 제갈명성을 향해 수백 송이의 매화 꽃잎들이 십방을 메우고 짓쳐 들어갔다.

"물러가라!"

자신을 향해 쏟아지는 매화를 향해 사자후를 터뜨리는 제갈명성.

어느새 제갈명성이 뿜어내는 기운이 바뀌어 있었다.

칙칙한 마기와 사기는 사라지고, 성스러운 금광이 제갈명성의 온몸에서 뿜어져 나왔다.

"허억! 저, 저것은!"

"허억……."

칼밥을 먹은 지 오래인 무림의 원로들.

제갈명성의 온몸에서 이는 성스러운 기운의 정체를 알았다.

"대, 대승반야심공!"

달마역근세수경의 무리를 깨달아야만 펼칠 수 있는 대승반야심공.

부처의 몸에서 풍겨 나온다는 성스러운 금빛 후광이 제갈명성을 뒤덮었다.

"가랏!"

그리고 느릿하게 휘둘러지는 제갈명성의 검.

팟!

성스러운 금광이 검끝을 타고 천지에 퍼져 갔다.

피비비비비빗.

매화 꽃잎들이 멈춰 섰다.

그러더니 갑자기 방향을 바꿔 사방으로 무섭게 퍼져 나갔다.

퍼버벅!

"크아악!"

제갈명성의 가까이에 있던 자들의 입에서 터지는 비명.

"헛!"

타다다당.

자신들을 향해 날아오는 매화꽃을 온 힘으로 막아내는 무림인들.

가가강!

"크윽……."

마음으로 피어난 검화가 시전자의 명을 어기고 명하지 않은 이들을 공격하였다.

펑!

"크헉!"

놀랄 사이도 없이 제갈명성이 만들어낸 금빛 검기에 정면으로 부딪친 자광 장로.

그대로 허공에서 튕겨져 나갔다.

"움하하하하하하하하하! 이것이 바로 소림사의 비공인 달마역근세수경의 공능이니라!"

광소를 터뜨리는 제갈명성.

"와아아아아!"

"천무가 만세!"

천무가 무인들이 제갈명성의 광소에 화답하며 환호성을 터뜨렸다.

엄청난 무위.

그 누가 있어 소림의 비공과 사사혈궁의 비전을 수련한 제 갈명성을 이길 수 있겠는가.

강호의 자유를 위하여 검을 들었던 이들의 얼굴은 화석처 럼 굳어져 버렸다.

여기서 패배하면 모두가 꿈꾸던 무림의 역사는 종말을 고 할 것이었다.

"단 한 놈이라도 쳐 죽이고 죽읍시다!"

"저 개새끼들에게 우리들의 꿈을 빼앗길 수 없소!"

절망에서 분노로 바뀐 무림인들의 눈빛.

"크크크. 와라, 다 죽여주겠다!"

살광과 금광이 묘하게 뒤섞여 반선반마의 모습을 보이는 제갈명성.

흉측한 괴소를 터뜨리며 무림인들을 바라보았다.

먹이를 노리는 야차의 눈빛.

그는 사람의 탈을 쓴 마귀였다.

틱.

"여기 있어."

"아……."

설수아는 백여 명의 매화검수들과 함께 본산에 오르는 수백 명의 천무가 무인들을 습격하였다.

그리고 펼쳐진 치열한 접전.

매화검수들의 검은 매서웠지만 천무가 무인들의 무공은 더 매서웠다.

설수아는 정신없이 검을 날렸다.

화산의 고수들은 본산에 모인 상황.

그 누구도 매화검수들을 도와줄 수 없었다.

그리고 어느 순간 매화검수들이 하나둘씩 죽어나갔다.

아무리 이를 악물고 싸워도 비슷한 실력자들끼리는 숫자가 승패를 좌우하였다.

어느 순간 설수아도 위기에 빠졌다.

그렇게 천무가 무인의 검이 자신을 양단하려는 순간, 그가 나타났다.

여전히 한심하다는 눈빛으로 자신을 바라보는 그 남자.

'화운룡…….'

무림맹 천뢰옥에 갇혀 생사를 알 수 없던 그가 아무렇지 않게 나타난 것이다.

순식간에 모든 것이 끝나 버렸다.

단 몇 수만에 잃어버린 수백 명의 목숨.

화운룡은 무신이 되어 돌아온 것이다.

그리고 자신을 안아 본산이 모두 보이는 바위 위에 내려놓은 화운룡.

하늘을 나는 용처럼 몸을 날렸다.

창!

그 순간 빛나는 청명한 하늘 같은 그의 검.

그렇게 설수아는 화산검제라 불리는 한 남자의 신화를 똑똑히 볼 수 있었다.

천신처럼 서서 화산을 수호해 온 만년바위들이 지켜보는 가운데 피어난 화산의 분노.

설수아의 두 눈에서 하염없이 기쁨의 눈물이 흘러나왔다.

'응? 이게 뭐야?'

천무가에 투신한 정파의 변절자들.

청성의 유상 장문인을 비롯한 점창파와 청성파의 장로들은 제갈명성의 무위에 흐뭇한 미소를 짓고 있었다.

문파의 명예를 버리고 선택한 천무가.

탁월한 선택이었다.

만약 명예나 신의 따위를 생각하는 저 앞의 명청이들이었다면, 앞으로 다가올 환락을 얻지 못할 것이었다.

그렇게 흐뭇하게 자신들의 선택을 믿고 앞을 바라보고 있던 변절자들의 등 뒤에 느껴지는 싸늘한 살기.

모두들 고개를 돌렸다.

씨익.

그 순간 보이는 싸늘한 미소.

그리고 꿈에서도 잊지 못할 익숙한 얼굴.

"네, 네놈은!"

놀란 변절자들의 음성.

슈걱.

하지만 그것이 끝이었다.

미처 대응할 틈도 없이 자신들의 목을 잘라 버리는 수백 자루의 검의 환영.

일순간에 수백 명의 목이 바닥을 뒹굴었다.

촤아아아악!

그리고 뿜어지는 피분수.

투두두둑.

엄청나게 쏟아지는 핏방울들을 호신강기로 튕기며 한 남자가 연무장으로 들어섰다.

"으아아악!"

갑자기 자신들의 뒤에서 들리는 섬뜩한 소리에 몸을 돌리던 천무가의 무인들이 비명을 질렀다.

방금 전까지 든든하게 자신들을 돌보아주던 동료들이 목 없는 시체가 되어 바닥에 뒹굴고 있었다.

뭉클뭉클.

수백 명이 순식간에 목이 잘리자 피어나는 혈향.

저벅저벅.

그 사이로 한 남자가 나타났다.

입가에 차가운 미소 하나를 머금고 손잡이가 녹슨 철검을 들고 나타나는 남자.

"신, 신룡검왕!"

"으아아! 귀신이다!"

진작 천뢰옥에서 죽었어야 할 신룡검왕 화운룡.

그가 나타나자 그를 알아본 천무가의 무인들은 혼비백산 하여 뒷걸음질쳤다.

스윽.

그때 화운룡의 검이 자신들 목 부근 정도로 올려졌다.

쉬익.

그리고 목을 베듯 가볍게 허공을 긋는 화운룡의 검.

서걱.

"......."

갑자기 눈앞에 나타난 새파란 검이 목을 스치자 비명도 지르지 못하는 수백 명의 천무가 무인들.

툭.

데구르르르르.

털썩.

그것이 끝이었다.

이런 말도 안 되는 죽임을 당하려고 그동안 무공을 수련한 것이 아니었건만, 생과 사의 갈림길은 너무나 예상치 못하게 다가왔다.

촤아아아악!

그런 동료들의 피분수를 바라보던 이들의 목에서도 붉은 피가 세상을 향해 뿜어져 갔다.

"어어......."

놈들이었다.

무림의 배덕자들과 욕망에 혼백을 판 자들을 모조리 염라대왕 앞으로 보냈다.

그러자 모습을 보이는 놈들.

무림맹 총사였던 제갈담운, 그리고 그 옆에서 입을 벌리고 눈이 튀어나올 것같이 놀라 나를 바라보는 놈들.

제갈세가의 피 냄새가 물씬 풍겨왔다.

"이노오오오옴!"

이제야 벌어진 상황을 알고 호통을 치는 제갈세가의 늙은 자라.

놈에게 당한 고통이 갑자기 생각났다.

'딱 열 배다!'

마공과 소림의 선공이 조화를 이루지 못하고 양분되어 기운을 쏟아내는 제갈가의 늙은이.

쇄애애애액—

놈이 지른 일검이 순식간에 공간을 격하고 날아왔다.

"훗!"

순간 터져 나오는 비웃음.

탕.

가볍게 놈의 보이지 않는 일검을 튕겨내었다.

번데기 앞에서 주름을 잡는 놈.

감히 어정쩡한 깨달음으로 나를 치려 하였다.

천하제일고수라는 신교의 마황도 나의 일검에 맞아 피분수를 흘렸건만, 간땡이가 부어도 단단히 부어 있었다.

"죽어라! 으아아아아!"

자신의 공격이 무위로 돌아가자 몸소 몸을 날려 오는 제갈가의 늙은 자라.

팟.

가볍게 자리를 박찼다.

파스스스스스스.

그 순간 몰아쳐 오는 묵직한 기운.

만검의 묘리가 담긴 일격.

쉬익.

가볍게 검을 그어 덮쳐 오는 힘의 그물을 찢어버렸다.

"헉!"

만검이 찢겨 나가자 놀라는 늙은 자라.

나이도 백 살이나 먹은 것이 상당히 젊어 보였다.

쉭.

거리를 두고 가볍게 뻗는 주먹.

퍽!

"크악!"

갑자기 나타난 나의 주먹에 코뼈가 분질러져 코피를 줄줄
쏟는 자라.

오랜만에 맛보는 고통이었는지 어느새 눈물을 줄줄 흘리
고 있었다.

"으드득!"

이를 가는 자라.

장포가 바람을 머금은 듯 부풀어 올랐다.

"쿠아악!"

핏발이 선 시뻘게진 눈동자로 괴성을 지르는 놈.

어울리지도 않는 찬란한 금광이 놈의 몸에서 뿜어져 나왔다.

'딱 걸렸어!'

딱 패고 싶은 마음이 들었다.

마음이 동하는 순간, 놈의 주변에서 수백의 손 그림자가 나타났다.

퍼버벅! 퍼버버버버버벅!

그리고 들려오는 수백 수의 격타음.

"크악! 크아아악!"

화산에서 종종 들었던 돼지 멱따는 비명 소리.

'음, 심어검이 심어장도 되는군.'

그 순간 나는 울부짖는 돼지를 놔두고 새롭게 발견된 경지에 대하여 만족한 미소를 지었다.

쓰윽.

그리고 고개를 돌려 몸이 굳어 있는 채로 서 있는, 자칭 백년대계의 주인공들을 바라보았다.

씨익.

입가에 지어지는 미소.

그리고 나의 마음속에 무식한 주먹의 모습이 생생이 그려지기 시작했다.

"허어…… 저럴 수가!"

"심, 심어검. 아니, 심어장의 경지로다!"

퍼버버버벅!

사사혈궁의 진전을 잇고, 소림사 달마역근세수경의 무리를 깨달았던 제갈세가의 제갈명성.

피떡이 되어 있었다.

얼굴이었던 곳에는 광대뼈가 비틀려 형체를 알아볼 수 없었고, 한쪽 눈알은 눈을 비집고 튀어나왔다.

그리고 팔다리는 기형적으로 꺾여 둥글게 말아져 있었다.

도저히 사람이라 부를 수 없는 괴수로 변한 제갈명성의 모습.

살아남은 무인들은 통쾌함보다 그 모습에서 공포를 느껴야 했다.

화산을 건들면 저렇게 될 거라는 생각.

특히 화산파를 심하게 견제하였던 오대세가와 당문의 문주는 새하얗게 얼굴이 탈색되었다.

덜덜덜.

온몸이 정신없이 떨림을 느꼈다.

지금도 잔인하게 제갈세가 무인들의 팔다리를 무 자르듯 잘라내는 신룡검왕 화운룡.

어느새 십여 명의 제갈세가원들은 모조리 팔다리 두 개씩 이 잘려 바닥을 기고 있었다.

"기어서 내려가. 그러면 살려줄게."

차라리 죽이는 것이 더 자비로운 상황.

어찌 팔다리가 잘리고 내공이 전폐당한 상태에서 화산의 험준한 산길을 내려갈 수 있단 말인가.

"마음에 안 들어? 그럼 하나씩 더 잘라줄까?"

친절하게 피가 흐르지 않게 혈도까지 짚어주는 천연덕스러운 화운룡의 음성.

어그적, 어그적.

그러자 거짓말처럼 팔과 다리를 움직여 하산하려는 제갈세가의 살아남은(?) 세가원들.

"아! 잠깐. 제갈담운, 그대는 열외야. 애타게 찾는 분이 계시거든."

제갈세가원들 중에서 가장 열심히 팔다리를 움직여 도망을 치던 제갈담운의 얼굴이 순식간에 울상이 되어버렸다.

그리고 화운룡은 눈을 들어 본산을 배경으로 줄지어 서 있는 무림인들을 바라보았다.

씨익.

몇몇 사람을 향해 웃는 시원한 웃음.

털썩.

줄줄줄.

그 순간 오대세가의 가주를 비롯해 몇몇 무림맹의 살아남은 고수들이 자리에 주저앉아 오줌을 지렸다.

만약 여기서 살아나간다면, 다시는 화산파와 어떠한 일이 있어도 부딪치지 말라는 제일 문규를 만들 것이라 다짐하면서…….

휘이이이이잉.

화산의 넓은 산과 바위 골짜기를 스쳐 지나온 바람.

화산에 수없이 핀 매화나무에서 꽃잎이 바람을 타고 매화검수 설수아의 주변으로 날렸다.

“아…….”

바위 위에서 보이는 지독히도 아름다운 화산의 절경.

갑자기 화산의 스승과 스승에게서 내려져 온 한 구절이 설수아의 머리를 스쳐 지나갔다.

화산의 검을 품은 제자는 그 순간부터 화산이 자신을 거부하여도 벗어날 수 없는 지독한 사랑에 빠진다 하였다.

이를 화산의 사부들은 이렇게 말하였다.

"하늘도 끊을 수 없는 화산에 대한 지독한 사랑, 화산지애(華山之愛)라고……."

『화산지애』 9권 〈完〉

"운룡아, 이 아비의 소원 딱 하나만 들어다오."

"싫습니다!"

한없이 불쌍한 표정을 지으며 소원을 말해오는 아버지.

딱 잘라 말했다.

나의 복수를 위하여 피의 검을 들었다는 아버지의 모습은 어디로 사라지고, 어느새 난주 운룡상단의 상단주로 돌아온 아버지.

기름기 번쩍이는 얼굴에 음모 가득한 눈동자를 빛내고 있었다.

"싫어? 내가 널 위해 그 피 튀기는 화산대전에서 목숨 걸고 수천의 병사들을 이끌고 참가했건만, 싫어? 그리고 이게 다나 좋으라고 하는 짓이더냐? 다 너와 너의 뒤를 이을 우리 귀여운 새갱이들을 위한 것이지! 그러지 말고 딱 한 번만 허락해라. 영웅은 호색이라. 천하의 화산검제께서 삼처, 사첩을 거느린다 해서 뭐라 할 사람 아무도 없다. 그러니 딱 한 번만 눈감아줘라. 황상께서 애지중지 키우셨다던 금화공주님이 너 아니면 시집을 안 가겠다고 한다더구나. 응~ 아들아, 한 번만 이 애비 소원을 들어줘라."

말도 안 되는 소리를 척척 내뱉는 아버지 화상락.

갑자기 머리가 지끈거려 왔다.

신교의 신녀였던 아연을 받아들이는 조건으로 아버지를 살살 녹여 버린 두 여인을 아내로 맞아들여야 했다.

그런데 시도 때도 없이 들이미는 사방의 혼처.

"아버지! 제가 무슨 씨받이 종마입니까! 금화공주 말고 화산장문인의 손녀인 설수아와 남궁세가의 남궁미연 소저까지도 책임지라 하셨지 않습니까! 정말 아버지는 하나뿐인 아들을 어디까지 팔아먹을 작정이십니까!"

"설수아는 네가 이미 청백지신에 흠집을 내었으니 책임을 지는 것은 당연한 것이고, 남궁가의 여식은 내 처인 어여쁜 제비를 정파에서 눈감아주는 조건으로 받아들이는 것인데 왜 나한테 큰소리야! 그리고 말이야 바른 말이지! 내가 살면 얼마나 살겠냐? 다 너 좋으라고 하는 것 아니냐! 나도 더러워서

이 짓 하기 싫다. 자식 팔아서 운룡상단이 천하삼대상단이 되었다는 소리도 듣기 싫단 말이야!"

강하게 나오는 아버지.

"휴우……."

가슴 가득 채워져 있던 한숨이 저절로 흘러나왔다.

천하를 오시할 무공을 소유하면 무엇 하는가.

마음껏 검을 뿌릴 적수가 있나, 조용히 살고 싶어도 가만두지 않는 사람들 덕분에 매일 골치만 아파오고, 마누라들 등쌀에 밖으로 나가지도 못한 채 장원에 처박혀 찾아오는 봄을 맞이하는 신세.

'에휴, 사는게 뭔지.'

머리속을 스쳐가는 수많은 이들.

사랑하는 사람과 함께 화산의 깊은 골짜기에 숨어 알콩달콩 살고 있을 자광 사부, 거기에 막 사형은 돌아오는 중양절에 설수란 사저를 신부로 맞이한다 하였다.

더욱이 놀라운 것은 아연의 아비인 마황 구천마검이 사랑하던 여인이 우리 어머니였던 진설란이라는 사실. 모든 것이 거짓말 같은 하룻밤 꿈같았다.

'지금쯤 화산에 매화가 피었겠지…….'

그리고 생각나는 화산의 정경.

널따란 만년바위와 그 사이사이에 핀 기화요초와 매화.

아마 지금쯤 화산은 구름과 바람, 그리고 수없이 흐드러지게 핀 매화꽃의 향기에 흠뻑 취해 있을 것이었다.

'화산아……. 화산아…….'

생각만 해도 가슴이 아려오는 화산이라는 이름.

아마 죽어서 나는 화산에 피어나는 한 송이 매화꽃이 될 것이었다.

한 번 화산을 사랑하는 이들은 죽어서도 헤어 나올 수 없는 지독한 사랑에 빠져 버렸기에…….

화산지애(華山之愛)…….

화산을 사랑하는 이들의 아름답고 지독한 사랑 이야기.

부족한 작품이었지만 작가의 기억 속에서 화산은 그렇게 숨 쉬고 있을 것입니다.

바람에 흔들리지 않고 뇌성벽우에 놀라지 않는 내 마음의 큰 바위, 화산.

이렇게 또 한 작품을 마무리하면서 드는 알싸한 기분은 겨울의 애잔함 때문이 아닐 것입니다.

부족한 글입니다.

그렇기에 더 소중한 글입니다.

못난 자식을 더 보살피는 부모의 마음.

오늘 작가는 또 하나의 자식을 세상에 내보내었습니다.

그 자식을 보고 계시는 독자 여러분께 송구한 마음과 함께 감사의 마음을 같이 전해드리겠습니다.

다음 작품인 정통 판타지 ARON에서는 더욱 사랑스러운 자식을 만들어내겠습니다.

지금껏 이 글이 나올 수 있도록 도움을 주신 청어람 출판사 사장님과 편집진 여러분, 그리고 사랑하는 우리 가족과 선하신 모든 신들과 다섯 별들에게 진심으로 고마움을 표하는 바입니다.

마지막으로 모든 독자 분들의 평안과 지극한 행복을 기원하며 부족한 작가는 다음 작품으로 찾아뵙겠습니다.

옴마니반메훔.

고검추산

허담 新무협 판타지 소설
FANTASTIC ORIENTAL HEROES

두 사형제가 난세(亂世)를 헤치며 만들어 나가는
기이막측(奇異莫測)한 강호(江湖) 이야기!

천하가 사패(四覇)의 대립으로 혼란스러운 시기,
세상이 혼탁해지자 강호(江湖)에는 온갖 은원(恩怨)이 넘쳐난다.
그러자 금전을 받고 은원을 해결해주는 돈벌레[黃金蟲]가 나타난다.
그런데… 비천한 황금충(黃金蟲) 무리 가운데 천하팔대고수(天下八大高手)가
나타나니…

**천검(天劍) 능운백(陵雲白)!
천하팔대고수이자 강호제일 청부사의 이름이다.**

그리고… 그가 두 제자를 들이니, 고검(孤劍)과 추산(秋山)이 그들이었다.
훗날 강호제일의 해결사가 되어 무림을 진동시킬 이들이었다.

유행이 아닌 자유추구 -

WWW.chungeoram.com

Book Publishing CHUNGEORAM

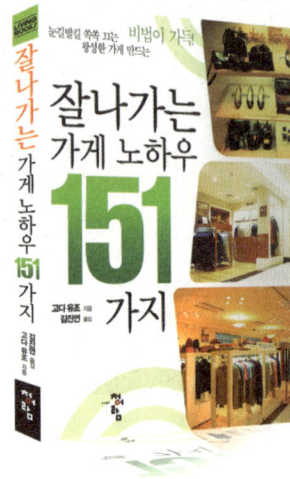

입소문을 통해 아는 분은 다 알고 계십니다!
올 한해 공인중개사 최고의 화제작!

1-2권 합본 | 이용훈 지음
3-4권 합본 | 이용훈 지음
5-6권 합본 | 이용훈 지음
용어해설 | 이용훈 지음

수험생 기본 필독서
만화 공인중개사

제목 : 만화공인중개사 쓰신 분에게 감사드립니다.

학원을 두 달 다녔어요. 근데 과연 그 숫자 외우기 그런 게 몇 문제나 나올까 생각을 했어요.
아니라는 생각이 드네요. 학원강의를 뒤로하고 서점을 갔어요. 내 머리에 가장 이해될 수 있는
책이 없나 하구요. 거기서 만화를 발견했어요. 무조건 세 번 봤어요. 3개월 걸렸어요. 문제집을 보라고
했는데 그건 시행을 못했어요. 근데 합격을 했네요.
어떻게 감사의 말을 해야 될지······.
도서관에서 만화책 들고 다니니까 사람들이 비웃더라구요. 만화책으로 공인중개사를 공부한다고
미친 사람처럼 보더라구요. 근데 그거 다 감수하고 했던 내가 자랑스럽습니다.
어떻게 감사의 말을 해야 할지··· 정말 감사합니다.
부디 행복하세요. 제 나이 41살에 좋은 스승을 만난 것 같습니다.
엎드려 감사드립니다.

－본사 홈페이지에 독자분이 올린 메일 中 에서 발췌－

2008년 봄 그들이 온다!!

권왕무적의 초우, 궁귀검신의 조돈형, 삼류무사의 김석진, 태극검해의
한성수, 프라우슈 폰 진의 김광수, 흑사자의 김운영, 송백의 백준 등

총 20여 명에 이르는 호화군단의 인더북 이북 연재 확정!!
그 외에도 많은 정상급 작가들의 이북 연재 런칭 예정!!

포도밭 그 사나이, 새빨간 여우 등의 로맨스 정상급 작가
김랑의 작품을 이북 연재로 만나다!!

오직 인더북에서만 독점 연재!!

아쉬움을 남기고 1부에서 막을 내린 **권왕무적 시리즈의 2부** 등 인기 작가들의 수준 높은
미공개 작품들이 시중에 책으로 출간되지 않고, 오직 인더북에서만 연재됩니다.

COMING SOON! INTHEBOOK.NET

1. 인더북의 이북 유료연재는 2008년 1월 말 ~ 2월 중순경 오픈
2. 인더북에 연재되는 작품들은 시중에 출판되지 않은 작품들로 엄선

이북 유료연재의 새로운 도전! 그리고 새로운 시작! 인더북!!
곧 새로운 모습의 이북 연재 사이트로 여러분께 다가가겠습니다.